Frédéric H. Fajardie

Bleu de méthylène

Denoël

Né en 1947, Frédéric H. Fajardie est l'auteur d'une série de romans noirs brefs et violents qui ont révélé son tempérament d'écrivain. Il a également publié des nouvelles et des romans plus classiques, comme *Un homme en harmonie*. Il travaille pour le cinéma comme scénariste et dialoguiste. Enfin, il est critique littéraire à *Charlie Hebdo*.

À Francine

1

Celui qui portait un Perfecto, un vieux jean délavé et des Santiagues, poussa la porte d'acier, jeta un regard amusé sur le jardin minable et s'engagea dans la courte allée.

À quelques mètres, un homme le regardait venir, impassible.

*

L'homme immobile portait un survêtement bleu roi à bandes blanches et cette tenue s'harmonisait bien avec son allure élancée et ses cheveux coupés court.

Son regard inexpressif glissa de l'homme en Perfecto aux trente mètres carrés de gazon fraîchement tondus.

Il songea qu'il lui avait fallu presque une année pour définir avec précision l'odeur de l'herbe coupée : un parfum sucré de pain d'épice et de miel.

*

— C'est tout ce que vous avez trouvé pour me faire venir ? demanda froidement l'homme en Perfecto qui n'avait pas plus d'une vingtaine d'années.

Celui qui portait un survêtement et accusait quinze ans de plus ne répondit pas immédiatement, l'esprit presque entièrement occupé à définir ses sensations.

Il laissa de côté l'émotion qui se traduisait physiologiquement — accélération du rythme cardiaque, afflux d'adrénaline, estomac noué — à chaque fois qu'il allait tuer.

Cet aspect-là des choses ne comportait aucun intérêt en regard de ce qu'il ressentait ailleurs.

Au niveau de ses parties génitales, par exemple.

Ou de son cerveau avec ses fixations étonnantes, très secondaires et quasiment tchékhoviennes.

Ainsi, présentement, était-il totalement envoûté par les tons changeants du ciel, de sorte que l'homme en Perfecto n'existait plus — ce qui, d'un certain point de vue, n'était qu'une très légère anticipation.

Le ciel était pour lui générateur de calme. Il n'aurait d'ailleurs su dire pourquoi. Le bleu se mêlant au rose, en dégradé, formait une harmonie rare qu'il n'avait vue qu'à deux reprises : enfant, des petits bonbons au sucre et, plus récemment, les affiches des candidats du Parti socialiste.

— Alors ? questionna l'homme en Perfecto.

Le ton, plus impératif, dénotait une évidente impatience où se lisait également une pointe d'inquiétude.

L'homme au survêtement s'ébroua, sourit et plongea la main droite dans un pot de fleurs tout proche.

Lorsqu'il la ressortit, elle serrait un Walther P.P.K.

— Élève Norgan, vous étiez réellement trop dissipé. Et, ajouterai-je, d'une rare bêtise. Vous devrez donc redoubler votre vie.

Norgan hésita entre la panique et le fou rire.

Le fou rire, parce qu'il songea immédiatement à ce vieil album de Tintin : *Le Lotus bleu*.

Exactement ! Un Chinetoque frapadingue qui fait des moulinets avec son sabre en disant à Tintin : « Voyons, n'ayez pas peur !... Il s'agit simplement de vous couper la tête ! »

Hilare, Norgan fixa son ancien professeur et mourut en souriant.

2

Juin de cette année-là battait tous les records de chaleur. La canicule s'était abattue sur la ville comme une main sur un moustique, si bien que la rapidité du changement atmosphérique conjuguée à la puissance de l'amplitude avait mis la capitale quasiment K.O. en quelques heures.

L'activité s'était partout ralentie, chacun économisait ses gestes, les rares ventilateurs cliquetaient avec monotonie et l'air conditionné sifflait à tout va dans les immeubles hypermodernes du centre et des quartiers ouest.

La nuit, la température chutait de quelques degrés de sorte que tôt le matin, avant que le soleil soit encore très haut, ceux qui travaillaient bénéficiaient d'un court répit.

Il était six heures pile à l'atelier 13-3A lorsque les hommes se présentèrent. Les cottes vertes et les casquettes à la Waffen-S.S. — selon l'appellation en usage parmi le personnel — étaient auréolées de taches occasionnées par les projections des jours précédents.

Le chauffeur avait dépassé la quarantaine et ne conduisait la benne Berliet que depuis un an, lorsque l'essieu de l'antique Hercule s'était brutalement cassé pendant l'ascension de la rampe menant au crématoire.

Loulou, puisque c'était son nom, n'avait pas encore usé tous les plaisirs que lui procurait le véhicule neuf.

C'était, en général, un homme renfermé et on ne lui connaissait que deux faiblesses : il flambait aux courses et buvait de deux à trois litres de lait par jour.

Tout aussi silencieux était Tong, mais cela tenait essentiellement au fait que, malgré une récente naturalisation, il ne parlait pas un mot de français : la langue le bloquait complètement. Il lui semblait bien, assez confusément, que le mot Tong le désignait, mais il avait cru remarquer que le terme s'étendait à tous les autres Vietnamiens et même aux Cambodgiens, Laotiens ou Japonais. Aussi, après une longue méditation, avait-il conclu qu'il n'était qu'un Tong parmi d'autres Tong et rien de plus.

Les autres membres de l'équipage de la benne s'appelaient Johnny et Patrick. Ils avaient respectivement vingt et un et vingt-quatre ans. Tous deux étaient titulaires. Le premier, avec un an d'ancienneté, frôlait les 3 800 francs et le second, après cinq ans, approchait les 4 300 francs.

Ils étaient davantage que des collègues. Le mot « amis » n'aurait pas été trop fort. Ils affectaient un genre rocker sans en adopter toutes les valeurs, et habitaient à cent mètres l'un de l'autre, rue de Tolbiac, dans de luxueux studios qui leur coûtaient presque la moitié de leur salaire. Mais, à cette conduite somme toute déraisonnable, il existe une explication que saisiront tout ceux qui ont eu à charrier de la merde.

Le soleil avait grimpé, se renforçant de minute en minute, chauffant les poubelles et leur contenu, amplifiant les odeurs tour à tour douceâtres ou violentes.

Johnny jeta un bref regard à l'astre qui continuait son ascension, songea au soleil levant triomphant du drapeau japonais, faillit lancer une vanne à Tong, y renonça, essuya d'un revers de manche la sueur qui perlait de sous sa casquette, consulta sa montre et estima que le plus dur était fait.

La benne abordait la rue des Terres-au-Curé et la circulation, tant des piétons que des véhicules, s'était légèrement densifiée.

Patrick saisit une poubelle et hésita un bref instant. Un paquet de vieux kraft mal ficelé trônait sur les immondices.

Johnny s'était déjà approché tandis que Tong, imperturbable, continuait à renverser les poubelles dont le contenu disparaissait à l'intérieur de la benne, poussé par le va-et-vient régulier du piston.

Sans hâte, Patrick ouvrit le paquet qui contenait deux chandeliers de bronze et un vieil éventail publicitaire de la Compagnie générale transatlantique.

Les deux jeunes gens échangèrent un regard satisfait et, tandis que Johnny s'éventait, Patrick repliait déjà son Opinel lorsque, pointant le doigt :

— Hé, y en a un autre !

C'était un paquet ovale, enveloppé d'un journal à peine jauni et d'une ficelle très soigneusement nouée qui, cependant, ne résista pas à la lame aiguisée.

Patrick, qui tenait le paquet d'une main, eut le sentiment qu'il s'agissait de formes familières — sentiment qui devint certitude lorsque le contenu du paquet apparut.

La tête grimaçante et sanglante provoqua, chez les éboueurs, des réactions diverses.

Johnny, quoique tendu, lâcha un « merde » très sobre.

Patrick, laissant choir la tête, qui tomba sur le sol avec un bruit mou et roula dans le caniveau, ne dit pas un mot mais fut agité de tremblements convulsifs.

Tong, d'habitude peu loquace, se mit à hurler en vietnamien et sur le mode suraigu des propos inintelligibles à ses compagnons, propos soulignés par un doigt impérieux qui désignait tour à tour la tête sanglante, la benne, sa propre tête et de nouveau la benne puis, toujours hurlant, mais cette fois avec les bras en V à la manière de Jacques Chirac et des siens, il s'enfuit à toutes jambes et disparut à l'angle de la rue des Terres-au-Curé et de la villa Nieuport.

C'est à cet instant que Loulou, très calme, le litre de lait à la main, déclara :

— Ben, c'est une tête, y' a pas ! Faut appeler les bourres.

3

Je m'étais éveillé avec la bouche pâteuse, une forte envie de vomir et l'impression que mes tempes avaient été l'enjeu de deux équipes de footballeurs homicides.

Rien que de très naturel.

Parce que la veille, comme tous les soirs, j'avais dîné seul chez l'Arabe, vidé une bouteille et demie de boulaouane gris et bu un nombre indéfini de boukha.

Et, comme tous les soirs depuis six mois, l'Arabe m'avait susurré : « Ci bon, ça, m'sieur l' goumissaire. »

Six mois que ma femme m'a abandonné.

Huit ans que je suis flic.

Vingt ans que j'ai obtenu mon premier prix d'allemand au lycée, grâce à un devoir où j'avais réussi à citer Hölderlin, Goethe, Schiller et Rilke.

Trente-quatre ans que je suis né, fils d'un instituteur et d'une femme au foyer emportés par le même mal à six mois d'intervalle — et génétiquement vôtre !

Celle qui m'a quitté, parce qu'entre autres choses elle détestait mes costumes Old England, mes cravates club, mes chaussures en daim, mon arme — un 38 —, mes rapports pourtant rédigés à la va-vite, bref, mon apparence : je ne la regrette pas du tout.

Presque pas du tout.

Non, ce que je regrette, depuis six mois, c'est ce que j'ai fait de ma vie. Les rêves de collège, projets d'adolescent, velléités et élans de jeune homme : balayés par ce statut de fonctionnaire auquel, un moment, j'avais aspiré.

Même Jo le Pédé, l'antiquaire du rez-de-chaussée, semble avoir mieux réussi que moi cette partie-là de sa vie.

J'étais dans cet état, *grosso modo*, en arrivant à l'hôtel de police dans ma Golf G.T.I. noire, vieille de six mois — ultime et dérisoire tentative pour reconquérir mon épouse — lorsque Gourmond Rémy, Joseph, Marie, trente-deux ans et mon plus brillant inspecteur, entra dans mon bureau en disant :

— 'Jour, Patron, fait chaud ! Au fait, on vient de nous signaler une tête dans une poubelle rue des Terres-au-Curé.

4

Cela faisait près d'une heure qu'une nuée de flicards fouillaient les poubelles sous la surveillance des inspecteurs Gourmond, Schwob — Marcel, Édouard — et Albalat — Antoine, André.

À la tête sanglante s'étaient ajoutés un bras habillé d'un fragment de Perfecto et deux pieds nichés dans une paire de Santiagues, quelques poubelles plus loin.

Avisant les deux jeunes éboueurs qui se tenaient adossés à la benne, je les entrepris courtoisement :

— Johnny et Patrick, n'est-ce pas ?

Aucune réponse. Aussi, est-ce d'un ton plus vif que je proposai :

— On fait un tour !

Ils marchaient à mes côtés, toujours silencieux et sourdement hostiles. Comprenant que je n'obtiendrais rien de cette façon, je suggérai :

— Si vous voulez, on prend ma Golf. Je voudrais que nous refassions très exactement votre tournée.

— C'est une G.T.I., vot' Golf ?

— Oui.

— C'est des tires de bourres, ça, maintenant ?

— Pardon ?

— C'est vraiment à vous ?

Ils m'irritaient :

— Oui. Je l'avais même achetée pour ma femme. Les G.T.I. noires, c'est la mode, non ?

— Et ça lui a plu ? demanda Johnny d'un air ingrat.

— Non, pas du tout. Elle m'a dit : « Tiens, tu as acheté un corbillard ? », et puis elle est partie.

Je ne l'avais pas du tout prémédité. J'estimais même en avoir trop dit. Il n'empêche, cela me valut une sympathie immédiate :

— Ah ! ça, les gonzesses, ça prévient pas ! lâcha Johnny d'un air sentencieux.

Une nuée de piafs s'abattit sur un sorbier malingre poussé tant bien que mal entre les pavés disjoints d'une courette séparant deux immeubles crasseux.

— C'est étrange, un sorbier des oiseaux dans un coin pareil ! dis-je, rêveur.

— Qu'est-ce qu'y a d'étrange ? demanda Johnny.

Il faisait de plus en plus chaud.

*

Nous avions échoué dans un troquet sordide. L'affiche pour la protection des mineurs contre l'ivresse publique était constellée de chiures de mouches comme la poitrine d'un général soviétique l'est de décorations. Le dessus des tables en formica rouge, type 1960, n'était plus qu'une tache opaque, adipeuse et gluante.

Le patron auvergnat, type 1912, promenait son gros ventre comme des états de service.

Tout foutait le camp ; jusqu'au percolateur, type 1949, qui gémissait, ahanait et laissait échapper par ses joints disparus de longs jets de vapeur dont le chuintement évoquait une lointaine plainte.

L'idée me vint qu'un commerce qui périclite, c'est un peu comme une pute vieillissante : sordide et pathétique.

— Alors, ce paquet... Comment en arrivez-vous à ouvrir un paquet tiré d'une poubelle ? demandai-je.

Johnny avala son demi d'un trait :

— Ben, c'est un coup de pot qu'il ait été dessus. Au fond de la « gamelle », on l'aurait vu trop tard et avec la queue de morue...

Je m'interrogeais anxieusement : que venait faire ici cette queue de morue inattendue qui troublait un récit jusqu'alors cohérent ?

— Une queue de morue ? Réellement ?

Johnny sourit :

— La queue de morue, si vous voulez, c'est le piston. Le piston pousse de gauche à droite et envoie les ordures dans la benne par le rouleau circulaire à griffes.

— Vu. Et ce paquet ?

— Normalement, nous, on fait pas.

— Nous ?

— Sur une benne, on est trois. Plus le chauffeur.

— Oui, vous descendez du marchepied. Continuez.

— Dans notre équipe, y'a pas de biffin.

— Hum-hum !

Johnny eut un petit geste d'impatience :

— Les biffins, c'est les gars qui récupèrent. Par exemple, les batteries, les bouquins ou les bouteilles qu'ils revendent à l'Euromarché. Mais nous, on fait pas les galletouses.

— Les poubelles ?

— Ouais. Galletouses, gamelles. Ou melga. En verlan.

Je patientai :

— Votre trajet, ça fait environ cinq kilomètres, non ?

— Plutôt six ou sept. Sauf si la benne cale.

— Si elle cale ?

— Si elle est pleine.

— Et qui finit la tournée, alors ?

— Une voiture supplémentaire. C'est le chef qui désigne. Si le chefaillon te sacque pas, tu fais deux tours. Moi, je fais toujours deux tours.

— Je vois.

Je ne voyais pas grand-chose, en réalité. N'importe, il faut bien commencer. J'offris une nouvelle tournée et attaquai :

— C'est intéressant. Mais supposons que le tueur ait mis la tête dans un sac poubelle ?

— Un « Jet-sac » ?

— Exactement.

Il rit :

— Ben ça aurait été plus propre.

— Soit ! Mais l'auriez-vous ouvert ?

— Personne ouvre jamais les sacs en plastique.

J'avalai de travers :

— Jamais ? Mais, ce sac... Au fait, qu'est-ce que ça devient, les ordures ?

— J'pourrais avoir une autre bière ?

Je claquai des doigts. Le fils du patron arriva en se dandinant. Son petit gros ventre ballottait à chaque pas. On devinait l'homme agité, bruyant, vain. Une voix pointue. Le genre de type à s'avaler sans partage sa blédine lorsqu'il était bébé. À moins qu'il ne l'eût jamais été.

— Les ordures, ça va à la TIRU, répondit Johnny.

— La TIRU ?

— C'est un crématoire géant, à Ivry. Avec sa chaleur, on chauffe les H.L.M.

— Mais comment ça se passe, exactement ?

— On va à la pesée. La benne arrive à la rotonde et puis monte la rampe. Ça fait des centaines de bennes à la queue leu leu. Pour ça qu'on donne un numéro. 9, par exemple, ça veut dire quai n° 9. Arrivé là, il faut faire une marche arrière jusqu'à une butée et derrière, y'a vingt mètres de vide.

— Et après ?

— Faut faire ça comme il faut parce que c'est entièrement contrôlé par caméra. Quand les ordures sont dans la fosse, il y a un gros bras articulé qui coulisse le long de la fosse et ratisse pour jeter les ordures dans le crématoire.

— Une fois les ordures brûlées, qu'en reste-t-il ?

— Ben, il en reste rien, en gros. Ah ! si, il y a un tapis roulant avec des électroaimants qui saisissent la ferraille. La cendre, elle, sert à faire du mâchefer pour les routes...

Je demeurai un instant perplexe, venant de réaliser qu'il s'agissait là du moyen idéal pour faire disparaître totalement et à jamais un corps. Aujourd'hui, ni Landru ni le docteur Petiot ne seraient pris.

J'insistai donc :

— Cela veut dire qu'un type découpé en dix morceaux adroitement mêlés aux ordures de dix sacs poubelles, celui-là, il disparaît sans laisser de traces ?

— Exactement ! Balèze, hein ?

5

Je pris le parti d'ignorer la belle lumière dorée qui baignait le soir tombant sur cette journée d'été.

Il valait mieux l'ignorer, en effet, car tout en moi tendait vers le passé.

C'est-à-dire vers elle.

C'est la conclusion à laquelle j'étais arrivé, sans trop de peine, après l'avoir refoulée le plus longtemps possible en un combat retardateur et désespéré.

Jamais je n'aurais cru autant l'aimer; comme si le mariage, la routine du boulot, les retours à la nuit, la fatigue, les habitudes, comme si la vie, normalisée, banale, avaient occulté la passion qui nous avait poussés l'un vers l'autre quelques années plus tôt.

Je renonçai au couscous quotidien et optai pour un repas à la maison, seul.

Hésitant, j'avisai un épicier grec, place des

Patriarches, et achetai une salade de calamars et de ces feuilles de vigne farcies au riz.

Une envie de musarder en faisant quelques détours par les ruelles du quartier fut réprimée par le poids des commissions : vin, pain, café...

Je ne valais plus un clou ; fatigué, essoufflé, esseulé, le moral à zéro.

Je tentai bien, un instant, de songer à l'enquête, à ce type découpé en morceaux et abandonné dans diverses poubelles, à la menace des sacs plastique partant tranquillement vers le crématoire en emportant le corps du délit ; mais tout cela, au fond, ne m'intéressait pas.

J'eus cependant une pensée amusée au souvenir de la matinée avec, au huitième demi de bière, les confidences de Johnny et Patrick. Je me rappelai très précisément une anecdote ânonnée par un Patrick aux trois quarts bourré tandis que les rayons du soleil, traversant obliquement les vitres sales du troquet, m'avaient obligé à tomber la veste.

— En 1972, j'avais quatorze ans et j'avais connu dans un rade de la rue Dunois deux espèces de Freakies, même qu'on avait acheté une 4 C.V. Les Freakies, ils l'avaient peinte psychédélique, pour frimer les Indiennes.

— Ouais, avais-je répondu. Et c'était bien, l'Inde ?

— Tu parles ! On est tombés en carafe de moteur à Fontainebleau. Elle doit y être encore, la 4 pattes. Dans un fossé. Une psychédélique violet et mauve.

Je souriais en introduisant la clé dans la serrure de mon immeuble lorsque je m'entendis héler.

*

C'était, bien entendu, Jo le Pédé en batterie sur le seuil de sa boutique de brocante. Très avenant, comme à l'accoutumée. Et chichiteux, maniéré, féminin. Car Jo le Pédé, malgré ses massives mâchoires et sa tête de bœuf hydrocéphale, donnait dans le genre nana. Son truc. Son bonheur. Il m'avait même confié que, rentré chez lui, il s'habillait en femme.

J'avais certes tiqué en considérant ses 1,90 m et sa forte carrure, mais le bonheur et les voies tortueuses qui y mènent, c'est l'affaire de chacun.

— Bonsoir ma beauté, répondis-je sans entrain.

Il mit une bonne minute à rougir façon jeune fille d'excellente famille qui ne sait prétendument que faire du sexe du petit ramoneur qu'elle étreint pourtant férocement dans sa petite menotte avide et moite.

Pour rougir, Jo le Pédé usait d'un procédé très simple pour ne pas dire simpliste. Ainsi, dès qu'il recevait un compliment ou un hommage, bloquait-il résolument sa respiration.

J'aurais dû lui expliquer que si l'intention était bonne, le procédé s'avérait somme toute médiocre. Oui, pour Jo le Pédé, j'aurais dû faire cela.

Mais je n'avais pas la tête à cela. Aussi, patient, résigné, j'observai d'un air las la transmutation à la façon d'un alchimiste maudit qui, au lieu d'or, aurait réussi à transformer les vieilles ferrailles en matières fécales.

Jo le Pédé, mâchoires bloquées — comme ces essieux de camions sur le front de l'Est —, rosit donc légèrement. À mon avis, il aurait dû s'arrêter là, encore que les quarante secondes écoulées entre mon compliment et la roseur de son teint indiquassent un certain manque de spontanéité.

Mais Jo le Pédé est un maximaliste; aussi, comme chaque fois, poussa-t-il le bouchon un peu loin. Patient, je vis donc son gros visage bovin, turgescent, passer au carmin, au pourpre, au mordoré.

Il s'étouffa, en proie à une de ces quintes de toux que favorisaient les Gitanes maïs qu'il fumait à la chaîne.

— T'as ton pétard, mon loup?

Je le voyais venir mais c'était si gentiment

demandé... J'ouvris donc mon blazer et tapotai mon 38 à l'abri dans son holster de hanche.

Jo le Pédé avançait déjà sa main gourmande mais, connaissant sa propension à toucher au large de l'objectif, c'est-à-dire vers un objet de forme semblable mais d'une tout autre nature, je lui donnai en souriant une tapette sur la main :

— Pas touche, vilaine !

Nous éclatâmes de rire ce qui, dans cette boutique de dix mètres carrés, fit résonner très longtemps un fort écho.

— Ô toi ! Toa ! dit-il. Puis, il se prit la tête à deux mains comme s'il voulait la dévisser.

Je m'inquiétai car rien, dans le présent contexte, ne méritait réellement une entreprise aussi désespérée et, pour tout dire, vouée à un échec certain.

— Tu veux te dévisser la tête ? risquai-je.

Jo le Pédé cessa brusquement et, sans un mot, prépara des scotches.

Mal à l'aise, je toussotai :

— Tu veux que je te fasse quelques casques ?

Il eut une moue boudeuse et, farfouillant dans son tiroir-caisse, en sortit un silencieux qu'il me tendit.

L'idée venait de Jo le Pédé et, je dois l'avouer, elle connut un vif succès. Ce succès — et la fréquence de mes services — expliquait la présence de mon silencieux dans le tiroir-caisse du magasin.

Les faits remontaient à quelques mois. Ce jour-là, à bord de sa Renault Floride décapotée, Jo le Pédé s'était rendu chez un ferrailleur d'Aubervilliers pour négocier une affaire traitant sur un millier de casques rouillés de l'armée française modèle 39-40.

Dans ce petit monde viril, Jo avait créé un tel malaise en déhanchant ses cent dix kilos répartis sur 1,90 m qu'il avait enlevé l'affaire pour une bouchée de pain.

Une fois nettoyés, les casques se révélèrent invendables, le *nec plus ultra*, en la matière, étant représenté par le modèle Wehrmacht.

C'est donc par désœuvrement que Jo m'avait un jour demandé de tirer dans un de ces casques... qui fut vendu le jour même.

Depuis, deux à trois fois par mois, Jo le Pédé m'alignait une demi-douzaine de casques sur lesquels j'ouvrais, à bout portant, un feu nourri.

Incrédule, j'avais à deux reprises assisté au numéro de Jo :

— Impossible, monsieur, je ne peux pas vous le vendre.

Infaillible ! À chaque fois, le client demandait :

— Pourquoi ?

Là, Jo prenait un air douloureux :

— C'est très macabre, vous savez ! Je ne sais...

Ici, le cave voulait en savoir davantage :

— Pourquoi ?

— Eh bien... Voyez-vous, je viens juste de l'acheter et je n'ai pas eu le temps de le nettoyer alors...

Et, montrant tour à tour l'orifice extérieur du trou — au-dessus de la visière — puis l'intérieur du casque, il pointait son index boudiné sur le cuir :

— Vous voyez, là, cette tache blanche...

Le cave, excité comme une puce, observait longuement puis, levant un regard tragique vers Jo le Pédé :

— De la cervelle ?

Jo, fixant intensément le blanc d'œuf déposé peu auparavant, psalmodiait d'un air lugubre :

— Quelle horreur ! De la cervelle séchée ! Il y avait même un bout d'os...

— Vous l'avez ? questionnait goulûment le cave.

— Hum !

— Vous le vendez avec ?

— Si vous le voulez...

Oubliant sa douleur, Jo le Pédé gambadait alors en sifflotant chercher dans un carton déglingué un des innombrables fragments d'os négociés pour une misère avec la boucherie *Les Travailleurs*.

Dès lors, l'affaire était, comme on dit, dans le sac.

Le scotch, quadruple, faisait son effet et j'avais du mal à assujettir le silencieux, d'autant que certaines pensées du matin me revenaient.

Quoiqu'un peu ivre, j'ouvris sur les casques un feu relativement précis du fait, sans doute, que je tirais à bout portant.

Précis, n'eût été la dernière balle qui atteignit de plein fouet un gros bouddha de porcelaine.

— En plein dans l' bide ! constatai-je d'un air neutre.

Déjà, Jo le Pédé s'évanouissait et je me rembrunis à l'idée de devoir le ranimer.

6

L'homme qui, rentré chez lui, portait ordinairement un survêtement bleu roi, s'appelait Denis Prieur.

Il avait trente-cinq ans, était professeur d'histoire-géographie dans une institution privée et, accessoirement, mais par trois fois déjà, abattait ses victimes d'une balle en plein cœur puis, après les avoir découpées à la tronçonneuse, abandonnait les restes dans diverses poubelles du treizième arrondissement.

Cet homme-là vivait seul dans un petit pavillon d'Ivry-sur-Seine mais cette solitude était moins un choix délibéré qu'un manque de bonne fortune dans ses rapports amoureux. Il lui arrivait d'ailleurs de songer que s'il avait eu davantage de veine en amour, les choses n'auraient sans doute jamais été aussi loin.

En effet, livré à lui-même, Prieur ressassait jusqu'à l'obsession son échec professionnel. Que ce fût au collège des Mouettes ou au cours

Sadeau, le résultat était le même. Et quoi d'étonnant? Il avait dû abdiquer presque toute autorité puisque, comme l'expliquait le directeur: « Ce sont les parents d'élèves qui nous font vivre. » Directeur qui, soit dit en passant, se permettait, de son propre chef, de rehausser systématiquement les notes.

Les élèves n'avaient pas été longs à comprendre le peu de marge de manœuvre des professeurs. Ainsi, avec un instinct très sûr — l'assurance due au fric, sans doute — tâtaient-ils la résistance de chaque nouveau professeur afin que les limites de chacun fussent connues de tous.

Prieur s'était longtemps insurgé contre cet état de choses, ce qui avait eu deux effets immédiats: il était estimé, sinon admiré, de ses collègues; les élèves le haïssaient et l'avaient promu tête de Turc.

La haine appelle la haine et, très souvent, Prieur imaginait les « meneurs » dans les pires supplices. Sans nuances, il avait adopté vis-à-vis de tous les élèves une pratique semblablement odieuse à celle qu'il réservait, au début, aux éléments de pointe. Ainsi s'était-il convaincu que tous ces adolescents étaient au fond morbides, sinistres, glaçants, comme si leurs rires, leurs grimaces, étaient la traduction d'une décomposition intérieure qui appelait une sorte de réajustement pratique, c'est-à-dire, *grosso modo*, une mise à mort.

L'idée avait fait son chemin, de cours en cours, de classe en classe, d'année en année. Ils n'étaient rien ! Rien que des petits macchabées — pauvre viande périssable ! — qui phrasaient inutilement, sans argumentation devant l'épreuve suprême : cette néantisation qui guettait ceux dont les cellules pouvaient abdiquer pour trois fois rien : pare-brise en plein visage, balle de 9 mm en plein cœur, 220 volts dans les mains et quoi d'autre si ce n'est ces mille choses imprévisibles qui remplissent les cimetières ?

Des poseurs prétentieux. Des défis vivants. Et qui osaient l'humilier, lui, un être conscient, hyper-conscient précisément de cette fragilité humaine qui vous décourageait de jouer le jeu, c'est-à-dire de vivre. Non, décidément, par simple justice, tout cela demandait réparation. Et il se trouvait que c'était lui, et nul autre, qu'une force quelconque avait intronisé, sinon légitimé, pour être ce bras armé.

Et par trois fois déjà !

Prieur se servit un verre de porto, posa un chant religieux — *Dies Irae* — sur la platine et réfléchit.

Il n'était pas certain que son choix, quant aux victimes, fût absolument rationnel. Or, et c'était tout le problème, ce concept régissait sa vie.

Son premier mouvement, considérant les huit années passées au cours Sadeau et les deux ans au collège des Mouettes, l'avait poussé vers l'option d'une victime par année scolaire.

Jouant sur les départs, les montées de classe successives et l'écart de temps — dix ans entre la première et la dernière victime —, il s'agissait, en effet, d'un choix judicieux. Normal, au demeurant, si l'on considérait les forces en présence : d'une part, la culture, le savoir, le maître, c'est-à-dire lui-même. Et d'un autre côté, le crétin qui, chaque année, se distinguait des autres cancres d'une façon particulièrement négative.

Une approche somme toute habile avec, au bout, en cas de malchance, l'échafaud.

À cet égard, Prieur avait longtemps ressenti une réelle fascination devant la guillotine. Il gardait même précieusement cette photo rarissime représentant Weidman, « le tueur de Dames », en route vers « la Veuve » — l'image l'amusa. Une photo extraordinaire : Weidman, encadré par deux aides du bourreau qui le soutiennent — à moins qu'ils ne le retiennent — se rend à la guillotine et passe, butant presque dessus, devant la malle d'osier grande ouverte destinée à recueillir son corps et sa tête sectionnée. Regard de Weidman, yeux baissés, à la malle. Moment étourdissant d'intensité, paupières ployant devant l'éternité, le silence organique loin des chants d'oiseaux, des gémissements des femmes satisfaites ou le bruit obsédant d'une abeille contre une vitre, l'été, alors que toute la nature, rassemblant ses forces, semble partir à l'assaut des quelques semaines la séparant de l'automne, et du terme.

Dans ces moments-là, et considérant le risque d'être pris, le désir, peut-être, de se faire capturer par ces hommes durs, hommes d'acier qui vous passent aux poignets ces chaînes aux cliquetis étranges, Prieur s'interrogeait gravement : « Quoi, être pris ? Être tué malgré tout ce savoir ? Et, la peine de mort abolie, ce long pourrissement ? »

Il avait cependant tranché, optant pour l'aventure — c'est-à-dire, en l'occurrence, pour cette terminale A4 III.

Par instants, il frissonnait, incapable au demeurant d'expliquer les causes de cette trahison purement organique. Était-ce de la fierté ou bien le risque d'une telle option : abattre les six petites ordures qui avaient fait de l'année 1977 un véritable cauchemar ?

Quoi qu'il en fût, il s'était suffisamment avancé dans ce processus, et trop même, pour pouvoir reculer.

Ils étaient six, exactement six.

Aussi stupides, nuls, ignares et prétentieux les uns que les autres.

Six à l'avoir ridiculisé.

Ridiculisé pour les beaux yeux, les yeux splendides — mon Dieu, à en pleurer d'amour platonique ! — de cette fille : Olivia Licarie.

Ridiculisé devant elle !

Six.

Moins trois.

Restait trois.

7

J'étais arrivé à l'hôtel de police tôt le matin, presque à l'aube, histoire de profiter de la paire d'heures à peu près fraîches qui me séparaient de la canicule.

Je fis l'impasse sur les événements de la veille au soir, et notamment sur ma bavure éthylique. Certes, je regrettai la bastos expédiée dans le ventre du bouddha de porcelaine de Jo le Pédé mais qu'y faire si ce n'est, peut-être, acheter un tube d'Araldite ? Une ombre d'amusement me traversa quand je me remémorai Jo le Pédé qui, la larme à l'œil, psalmodiait :

— Son bidon ! Son pauvre petit bidon !

Hébété, j'avais alors envisagé, façon légiste, d'inspecter le contenu du susdit « petit bidon »...

Souriant, je me levai et, ouvrant la fenêtre du bureau, contemplai la place.

Pour la première fois depuis longtemps, je me sentis bien, là, en manches de chemise, mains dans les poches, humant l'air tiède du matin en observant les camions d'arrosage des services municipaux qui nettoyaient la chaussée. Privés d'air, immobiles dans la torpeur générale, les marronniers de la place semblaient presque campagnards et, dans tous les cas, loin de cet aspect poussiéreux, sale et pollué qu'ils auraient dès que les bagnoles commenceraient leur carrousel.

Presque bien, pas même assombri par ce crime qui allait occuper pendant un temps l'essentiel de mon activité professionnelle.

Presque bien, n'était mon bas-ventre noué et cette grande errance du cœur depuis le départ de Marie.

Je m'accoudai au balcon et pensai à elle, à ses attitudes : sourires, larmes, étonnements, colères — ses petits poings sur les hanches —, émotions comme autant de photos dans ces albums qu'on feuillette rapidement en laissant les pages défiler à la vitesse des catalogues de papiers peints.

Je songeais à notre rencontre. Elle était accompagnée, moi aussi. Les gens allaient et venaient, s'occupant davantage du buffet que des toiles exposées aux murs de la galerie. Nous nous étions regardés pendant près d'une heure à travers cette nuée de visages qui interféraient sans cesse puisque nous nous trouvions, elle et moi, chacun à un des angles opposés de la galerie. Et puis, avec un calme tout de même surprenant, je m'étais dit : « Tiens, voilà la femme de ma vie. »

Dès lors, plus rien ne pouvait m'arrêter. Rien et pas même la vision de ma misérable chambre d'étudiant ou le fait que mon C.C.P. soit crédité de trente-deux francs ou bien encore la perspective d'une longue année d'études avant mon doctorat en droit.

J'avais traversé la galerie d'un pas résolu, sans même savoir ce que j'allais lui dire et, lorsque je m'arrêtai devant elle, je fus étonné de sortir d'un trait et d'une voix claire :

— *You must have been a beautiful baby* [1] !

C'était le titre d'une chanson des années 60. J'avais, bien entendu, oublié le nom du chanteur : il n'empêche, j'en voulais déjà à l'inconnue de ne pas le savoir comme si, obligatoirement, et pour que notre couple fût indestructible, nos références dussent être communes.

Elle sourit.

— Pour la devinette, le chanteur était Bobby Darin. Pour le fond : j'étais, je crois, un joli bébé.

— Robert Inckel, balbutiai-je.

— Marie.

*

1. Vous avez dû être un beau bébé !

Cassant mon rêve, Rémy Gourmond arriva le premier. C'était, des trois inspecteurs qui m'assistaient, celui que j'appréciais le plus.

Un type de mon âge, sorti du rang, c'est-à-dire venant de la tenue, pas même jaloux que je sois, à trente-quatre ans, commissaire principal.

Comme chaque matin, à l'aide d'un minuscule arrosoir en forme de burette, Gourmond aspergea généreusement ses fleurs de plastique bleu fichées dans de la vraie terre.

Comme chaque fois, je m'abstins de tout commentaire sur ces étranges pratiques.

Marcel Schwob arriva peu après. Grand, sec, il avait une voix étonnamment douce que nous n'entendions pratiquement jamais : depuis la mort accidentelle de son petit garçon, Schwob avait quasiment renoncé au langage.

Le troisième coéquipier s'appelait Albalat. Avec un A. Comme Antipathique. Le moins que l'on puisse dire, considérant sa grosse gueule ingrate, c'est qu'il n'avait pas ce nez turc, cette bouche serbo-croate et ces oreilles syriennes qui résument et totalisent les canons de l'esthétique. Pour simplifier, disons que son visage pouvait évoquer Gary Cooper après un pneumothorax, Gregory Peck après une attaque de béribéri ou Paul Newman après que ce dernier eut sauté sur une mine. À l'entendre, lui qui combinait si miraculeusement l'aigreur et le rire gras, le rance des cuisines sordides et le grand souffle putride des régions marécageuses, je songeais souvent à ces rues pauvres bordées d'immeubles miteux, telle la rue de Flandres, dont les fenêtres au mastic écaillé me donnaient souvent une impression d'usure, d'écrasement et de provisoire.

Albalat ronchonna un vague « bonjour P'tron » et me tendit un rapport.

— Sur la victime, Patron.

— Résume.

— David Norgan, vingt-deux ans, sans emploi. Entretenu par les parents, petits industriels. Habitait chez eux dans la villa familiale à Vaucresson.

— C'est tout ?

— Oui, Patron.

— C'est de la merde, ton rapport. T'en es conscient ?

— Si vous le dites, Patron...

— Alors au turf ! Emmène Marcel. Je veux tout : petites amies ou amis, copains-copines, relations, date de la première blennorragie, portrait-robot du premier morbac. Exécution !

Albalat m'adressa un regard haineux puis, suivi de Schwob, quitta le bureau sans un mot.

Gourmond considéra un instant le soleil perçant obliquement les stores vénitiens puis, d'un ton incertain :

— Ça chauffe ! Vaudrait peut-être mieux que j'arrose encore mes fleurs.

Je ne répondis pas.

8

— Vous?

— Vous?

Ils éclatèrent de rire.

Le premier, celui dont l'étonnement et le rire étaient sincères, celui-là s'appelait Patrick Vanderbove. Petit, presque malingre, il venait d'avoir vingt-trois ans.

Le second, celui qui, depuis quelques minutes déjà, était en représentation, celui-ci s'appelait Denis Prieur et portait un survêtement bleu roi.

Il laissa, à dessein, une certaine gêne s'installer puis, regardant autour de lui en feignant la surprise :

— Vous êtes le premier. Mais... Enfin, je veux dire...

Il toussota pour s'éclaircir la voix et reprit :

— Écoutez, c'est un peu gênant ! Après tout, j'ai été votre professeur et je ne crois pas...

Vanderbove hocha la tête en souriant :

— Bien sûr !

Prieur, volubile, expliqua :

— Vous savez, je ne suis pas un habitué de ce genre de chose ! Nous l'avons fait deux ou trois fois, rien de plus ! Et c'est une idée de ma femme.

— Bien sûr ! Mais au fait, vous ne feriez pas mieux de passer une annonce dans *Libé ?*

— Comment cela ?

— Eh bien, oui : la rubrique « Chéri(e)s », dans *Libération.*

— Ah ! *Libération.* Non, c'est impossible. Il faut mettre son véritable nom, montrer sa carte d'identité à la poste : impossible !

Un court silence s'installa. Amusé, Vanderbove songea au petit mot trouvé le matin même dans sa boîte aux lettres : *Ma femme, grande, brune, trente-cinq ans, est un peu trop vorace et nous cherchons un supplétif jeune, propre, bonne éducation.* Suivait un rendez-vous. Intrigué, Vanderbove questionna :

— Mais ces lettres, combien en distribuez-vous ?

— Une douzaine. C'est ma femme, uniquement lorsqu'elle voit une boîte aux lettres de célibataire.

— Ah !

Vanderbove s'amusait de plus en plus. Il trouvait ce hasard extraordinaire, magnifique : son ancien prof d'histoire-géo, un sacré salaud, d'ailleurs, eh bien, voilà que ce minable prospectait des mecs pour baiser sa femme ! En 1977, et sans l'avoir jamais vue, il aurait donné une fortune pour cela. Ne serait-ce que pour pouvoir afficher un petit sourire pendant les cours. Mais, et Vanderbove s'assombrit à cette pensée, il était probable qu'elle ressemblait à son mari. Si c'était le cas, malgré sa fringale permanente, malgré le plaisir suave de faire l'amour à la femme d'un ennemi, malgré le côté fantastique de cette histoire, oui, ce serait tout de même assez pénible.

Curieux, il questionna :

— Dites, vous avez une photo d'elle ?

Prieur réprima un sourire et sortit son portefeuille :

— Ne faites pas attention, elle est en petite tenue. Vous comprenez, c'est la photo que je montre, habituellement, aux hommes qui...

Sans rien ajouter, Prieur tendit la photographie et enregistra avec satisfaction le sifflement admiratif de Vanderbove.

Cette photo était un véritable sésame, tant la fille représentée semblait aguichante. Un coup de veine, d'ailleurs. C'était l'année précédente. En plein cours, le directeur était entré, l'air mauvais, suivi d'un grand type athlétique qu'il avait présenté en ces termes :

— Ce monsieur a garé son véhicule, une Golf blanche, devant notre établissement. La voiture n'était pas fermée à clé et la sacoche, contenant un portefeuille, était posée sur le siège avant. Le propriétaire a vu distinctement quelqu'un sortir du véhicule. Nous avons donc consulté vos livrets scolaires et le voleur a été formellement reconnu. Plainte ne sera pas déposée s'il se dénonce spontanément et restitue le portefeuille. Il a quinze secondes pour cela.

Prieur avait immédiatement compris : le voleur n'avait pas été vu et le numéro du directeur avait dû être répété dans toutes les classes. Il n'empêche, c'était tout à fait efficace puisque Bardel, un assez bon élève, d'ailleurs, s'était levé...

Après le départ du directeur, Prieur avait feuilleté le classeur de Bardel et trouvé la photo. Photo que le type à la Golf, furieux, était venu réclamer le lendemain : en vain.

— Votre femme est splendide !

— N'est-ce pas ? répondit Prieur en fixant la photo.

Une photo d'amateur, en couleurs. On distinguait, au fond, une fenêtre et un fauteuil et, au premier plan, à gauche, des rayons à livres. La fille, elle, occupait la partie droite. Très mal cadrée, elle était coupée un peu en dessous des genoux. En outre, l'éclair du flash se reflétait légèrement sur la minicombinaison de satin. La pose était un peu lascive, une main sur la cuisse, à l'intersection du bas gris-noir et du porte-jarretelles. L'autre main, repliée sur la hanche, donnait à l'ensemble un côté sensuel et affecté. Sensuel, également, le visage. Et les couleurs, l'harmonie entre la blancheur de la peau, les lèvres rouges, les cheveux et les yeux noirs...

— Écoutez, monsieur Prieur, au fond, je ne suis plus votre élève depuis longtemps...

— Elle vous plaît, hein ? ricana Prieur en songeant à la fille. Elle l'ignorait, mais trois types, déjà, étaient morts pour l'avoir désirée. Savoureux, non ?

Prieur eut un geste large, magnanime :

— Allez, c'est entendu ! Je vous emmène chez moi !

*

Patrick Vanderbove n'appréciait pas sa situation. Il avait même failli rebrousser chemin mais l'excitation l'avait finalement retenu. Double excitation, d'ailleurs. La femme, bien entendu : une femme splendide, digne de *Playboy*. Mais aussi, et cela avait son importance, les circonstances, l'atmosphère trouble, l'air lubrique de Prieur promettant « un sacré moment », l'aspect exceptionnel des événements...

Prieur l'avait fait patienter en expliquant que sa femme se préparait de manière à être tout à fait semblable à la photographie. En outre, il avait ajouté :

— Nous tenons beaucoup à notre petit rituel. C'est à prendre ou à laisser.

Vanderbove avait pris. En bloc. Sans négocier. Et c'est la raison pour laquelle il attendait, nu, assis sur un bidet à l'émail jauni, dans cette salle de bains sans fenêtre fermée de l'extérieur.

Les pas le firent sursauter.

Peut-être parce qu'à coup sûr, il ne pouvait s'agir que de pas d'homme.

Peut-être aussi parce que, en y réfléchissant bien, cette maison ne portait aucune de ces empreintes féminines qu'on reconnaît, habituellement, au premier coup d'œil.

Peut-être enfin parce qu'au bout du compte, hormis la photo — mais qu'est-ce qu'une photo ? —, il n'avait aucune preuve qu'il existât ou ait existé une Mme Prieur.

Une clé joua dans la serrure.

La porte s'ouvrit lentement et Prieur, l'index levé, lâcha d'un ton irrité :

— Élève Vanderbove, vous fûtes un cancre. Il est à noter, d'ailleurs, et c'est une circonstance aggravante, que vous aviez quelques dispositions d'écriture. Il vous faudra cependant redoubler votre vie.

Le Walther P.P.K. tressauta à trois reprises.

9

— On a trouvé une tête, Patron ! Dans une poubelle.

L'impression de vivre un mauvais rêve.

— Où ça ? demandai-je.

Gourmond hésita :

— Heu... Dans un paquet. Sur les marches... Sur nos marches.

Oui, un mauvais rêve. Pas de doute, j'allais me réveiller d'un instant à l'autre. Marie, qui n'était jamais partie, allait me secouer doucement l'épaule.

— Explique !

— Sur les marches de l'hôtel de police. À l'instant. Une petite poubelle d'appartement en plastique rouge, avec une pédale.

— Où est-elle ?

— La poubelle ?

— La tête !

— Dans la salle de police, Patron.

Je descendis l'escalier quatre à quatre vers notre rez-de-chaussée-bunker.

*

Nous marchions mains dans les poches, Gourmond et moi.

Il faisait très chaud.

Environ cinq heures s'étaient écoulées depuis l'instant où j'avais vu cette tête aux yeux vitreux, aux cheveux collés par le sang coagulé et à la bouche grande ouverte. Elle était posée sagement sur le côté — comme si elle dormait — bien à plat sur *Le Parisien libéré*. Les flicards faisaient cercle, mains derrière le dos, formant un halo bleu marine. Vue de haut, on aurait pu croire à une œuvre surréaliste ou à une gravure de *L'Assiette au beurre* new look intitulée « Interrogatoire musclé ».

Une grande lassitude m'envahit. L'envie d'un communiqué : « Échange coupeur de tête contre femme volage » m'arracha un sourire.

Je sentis Gourmond s'agiter à mes côtés et je levai les yeux : rien si ce n'est les bagnoles chauffées à blanc, les vieux chiens cherchant l'ombre et l'air brûlant qui déformait toutes choses.

— Regardez, Patron !

— Quoi ?

— Là, dans la 504.

— Eh ben ?

— Les trois Viets et le berger allemand « français » qu'est sur le siège du passager de devant.

— Et alors ?

— Rien. Rien, Patron. Je sais pas l'expliquer mais c'est bizarre.

Je ne répondis pas. Les cinq heures écoulées avant cette promenade, nous en avions profité au maximum. Notre tâche, d'ailleurs, avait été facilitée par le fait que le coupeur de tête, cette fois, avait joint le portefeuille de la victime au colis principal. Nous avions donc, à défaut du corps, le nom — Patrick Vanderbove — et l'adresse du dépecé. Albalat et Schwob épluchaient minutieusement son passé, histoire de le comparer avec celui de Norgan. Routine que tout cela.

Le mot « dépecé », soufflé par Albalat, m'étonnait. Qu'on réduise un individu à l'aspect de son cadavre et à son mode d'assassinat est certes pratique courante mais ce cas précis était peu banal. S'il existait une « cité des morts », sorte de vaste nécropole, j'imaginais mal le nommé Vanderbove les soirs d'appels sur la place centrale : Pendu ? Présent ! Gazé ? Présent ! Empoisonné ? Présent ! Dépecé ?... Eh bien... Pas possible d'imaginer cette voix embarrassée sortant d'un carton de Volvic.

Un reste de sens moral me vint et, eu égard à ce qu'avait pu être Vanderbove, je m'apprêtais à me morigéner lorsque ce mot, lui aussi, me sembla totalement ridicule, totalement éloigné de ce que je pouvais ressentir. Rien ne pourrait jamais traduire la nature de l'empreinte qu'avaient laissée sur moi ces milliers de visages défilant dans le commissariat, toutes ces gueules ravagées par d'immenses drames qui n'étaient que routine pour les fonctionnaires fatigués, aux yeux rougis, aux lèvres tirées par un pli amer et qui notaient, imperturbables, ces milliers de dépositions où il était question de viols, de tessons de bouteille, de rasoirs frottés à l'ail pour infecter les plaies, de balles de plomb soigneusement recouvertes d'étain et de toute cette intelligence que la pire vacherie déploie pour causer les plus grands chagrins.

Un rapport qualité-prix, en quelque sorte.

Je sortis un vieux Kleenex de ma poche et essuyai la sueur qui me coulait du front.

Il était près de treize heures et le soleil devenait écrasant, mettant en relief toute la crasse qui recouvre cette grande ville pourrie comme un manteau composé de poussière, de détritus et de crachats.

On a parfois les fringues qu'on mérite.

Abattu, de plus en plus fatigué, je fixai un instant un vieux chien qui levait la patte sur un matelas deux places éventré déposé à même le trottoir, au pied d'un panneau d'interdiction de stationner.

Une image de fin du monde, un univers qui se délite. Très bien, tout cela, en parfaite harmonie avec ma propre vie. J'étais moi-même une sorte de matelas éventré et un coupeur de tête dingue, sorte de Mau-Mau urbain, me déféquait dessus des têtes de fils à papa.

À moins qu'après avoir vaillamment combattu devant les murs de la ville je ne m'enfuie, à la façon d'Enée, en emmenant Anchise-papa pour épouser Lavinia-Marie. À ceci près, sans doute, que mon avenir était déjà derrière moi.

Nous avions, de la place d'Italie, descendu le boulevard de l'Hôpital et arrivions gare d'Austerlitz. Un maigre rideau de passants fatigués observait un nuage safran qui s'agitait au son de clochettes aigrelettes et de tambourins anémiques. Les krishnas, puisque c'était eux, semblaient exécuter leur habituelle bourrée comme au ralenti.

Un jeune type, qui portait un blouson de cuir grand ouvert sur sa poitrine nue, se tourna à demi et me souffla :

— Avec cette chaleur, ils ont pas la frite, les tantes !

Je souris. L'irrévérence du propos alliée au ton « militant » sentait bon la fin des années 60.

Le jeune type au blouson de cuir — mais, avec cette chaleur, où trouvait-il une telle énergie ? — apostropha un énorme krishna au crâne rasé qui s'emmêlait les pinceaux dans l'exécution de la danse sacrée :

— À poil !

Le krishna géant s'arrêta et vint vers nous, un bon sourire aux lèvres. J'en fus, je dois l'avouer, fort irrité : comment peut-on manifester une aussi grande bonté avec une température frôlant les 38° ?

Le krishna se planta devant le type au blouson de cuir, plus petit de deux têtes et demie, et lui dit :

— Je t'aime !

Je crus que l'autre, visiblement anticlérical, allait le bouffer là séance tenante. Un sacré fait divers, d'ailleurs : « Un krishna dévoré tout cru gare d'Austerlitz. »

Mais le type se reprit brusquement et, d'un ton doucereux qui ne me laissait présager rien de bon, questionna :

— Tu m'aimes ? Tu m'aimes vraiment ?

— Je t'aime ! susurra le krishna de sa bouche goulue.

— D'accord ! répondit le type au blouson de cuir qui ajouta :

— Alors fais-moi une pipe !

Je ne pus, considérant la déconvenue du krishna, m'empêcher de joindre mon rire à celui des autres badauds puis, accompagné d'un Gourmond hilare, je pris la direction du jardin des Plantes.

10

Nous longions, rue Buffon, le jardin des Plantes et, si un nombre infini de problèmes se bousculaient dans ma tête, un seul retint mon attention : Marie.

Marie se confondait avec ma vie. Alors, concrètement, il me fallait une mise en disponibilité. La seule chose à faire. Sauf que je m'occupais d'une enquête. Le minimum, dans ces conditions, était de conclure rapidement. Oui, capturer le Mau-Mau, l'amener aux assises et prendre le large pendant douze mois.

Cette pensée me remit d'attaque et je jetai un coup d'œil à Gourmond qui observait avec bienveillance un vieil homme donnant furtivement à manger aux oiseaux. Un brave type, Gourmond.

— T'es de Paris ? lui demandai-je.

— Non. J'avais juste un grand-oncle, ici. Il est mort, maintenant. Il était tourneur. Avant la guerre, il a fait des grosses boîtes : Nieuport, Gnome et Rhône, Hotchkiss...

Pourquoi redonnait-il vie à cet obscur grand-oncle ? Je crus y voir de sa part l'espoir que d'ici cinquante ans, alors qu'il ne resterait de lui que quelques os brunis, son petit-neveu, déambulant dans un coin de Paris, dirait à quelqu'un : « J'avais un grand-oncle, inspecteur à la Préfecture de Police. » Une façon de se survivre. Sauf qu'elle me faisait survivre aussi parce que cet inspecteur, en 1982, pas de doute, il avait un Patron. Crapuleux, tout cela.

— Gnome et Rhône ? questionnai-je.

— Oui.

D'ailleurs, « Gnome et Rhône », un nom pareil, ça ne s'invente pas. Certainement des amas de ferrailles, machines-outils, palans, hauts murs gris d'où les piquets de grève, en 36, laissaient pendre de longues ficelles munies de crochets qui remontaient des paniers de victuailles.

— Mon père était instituteur. Et communiste, dis-je.

Gourmond me sourit :

— Le mien était alcoolique et R.P.F. Je suis de Lisieux. C'est très triste, Lisieux. Quand on était gamins, le dimanche, on regardait passer les voitures. On habitait route de Paris, alors on se mettait à la fenêtre. Tout le dimanche à la fenêtre...

Difficile d'allier les épanchements et les rapports hiérarchiques, aussi coupai-je court en disant :

— On va se casser une croûte ?

*

Nous en étions aux filets de sole pommes vapeur.

— Patron, si je peux me permettre : Albalat, vous le sacquez pas, hein ?

— Bien vu.

— Pourquoi ?

Oui, au fait, pourquoi ? Je chipotais sur mon poisson ; je me resservis un verre de saint-pourçain et répondis d'un ton sans réplique :

— C'est pourtant un bon catholique romain quoiqu'il soit plutôt de la zone Poitou-Charentes mais, après tout, le cumul est toléré sinon encouragé.

Je me sentais bien malgré la certitude que j'étais loin d'en avoir fini avec le coupeur de tête. Cette impression de bien-être venait certainement du vin de l'Allier. Un joli coin, l'Allier. J'y avais été, enfant, avec papa. Nous pêchions des écrevisses. Même qu'il avait un gros pansement sur la tête parce qu'il avait été blessé pendant la manifestation contre « Ridgway la Peste ». Sacré papa !

Certes, nous aurions dû, Gourmond et moi, évoquer le cas du coupeur de tête. Mais il faisait chaud. Et puis le tueur prenait de l'assurance, se permettant de nous renvoyer la tête et les papiers de sa dernière victime. Dès lors, il était cuit. Nous en avions vu des dizaines, de ces malades, qui croyaient nous narguer en nous envoyant des indices qui jouaient contre eux. Et, fatalement, cela jouait contre eux.

Gourmond ne s'en faisait pas qui regardait une femme avec insistance. Étrange femme, d'ailleurs. Une grosse blonde avec des lunettes de soleil en forme de cœur, une Lolita de quarante ans dont le soutien-gorge noir apparaissait sous le chemisier transparent.

Elle nous jeta un coup d'œil, l'air incertain, se demandant sans doute si c'était du lard ou du cochon. Sauf qu'il faut être plein de niaiserie — un niais moteur ? — pour se poser ce type de problème vu que, jusqu'à nouvel ordre, un morceau de lard, lui, n'a pas de queue en tire-bouchon.

Le juke-box balançait un vieux tube chanté par Percy Sledge et intitulé *Love me tender* et Lolita, qui s'était aperçue que nous n'étions ni des morceaux de lard ni des cochons, nous gratifia d'un sourire qui laissa apparaître des dents gâtées. Cela me rendit triste. Un petit effondrement qui participe du grand tassement.

— J'étouffe ! Je t'attends dehors ! dis je à Gourmond.

11

Il s'affairait au-dessus de son steak, conscient tout de même que compte tenu des 31° à l'ombre, il aurait dû opter pour d'autres nourritures.

Des salades, par exemple.

Il mangeait proprement, presque avec préciosité ; ses longues mains fines, comme autonomes, semblant jouer avec les couverts d'argent qui accrochaient, en de fugaces éclairs, la lumière des tubes au néon de la petite cuisine.

Il portait un survêtement d'un bleu délavé où se mêlaient toutes sortes de nuances : cobalt, indigo, outremer... Ce résultat, peu banal, était d'autant plus déconcertant qu'à l'origine, c'est-à-dire avant que le sang ne le tache et que l'eau de Javel n'en dénature la couleur, le vêtement, bleu roi, avait eu quelque allure.

Prieur perçut avec des sentiments confus le tintamarre occasionné par la petite voiture rouge qui se garait juste devant l'entrée de son pavillon.

Pendant quelques secondes, il demeura parfaitement immobile, hormis un muscle jouant sur sa joue.

Enfin, très lentement, il repoussa son assiette, ôta la serviette étalée sur ses cuisses et se leva en regardant à travers la fenêtre ouverte.

Perplexe, il songea qu'ordinairement aucune voiture ne s'arrêtait devant chez lui. Pour l'excellente raison qu'il n'avait personne à voir. *A fortiori*, lorsqu'il s'agissait d'une mini-Cooper rouge à échappement quasiment libre.

Étonnant !

Et le plus incroyable... Oui, certes, il s'agissait d'une femme. Mais pas n'importe laquelle.

Il résuma ses pensées confuses en deux mots : flatteur et inquiétant.

*

Bien qu'elle ne fût là que depuis une dizaine de minutes, inconfortablement assise au bord d'un fauteuil Lévitan, il n'était pas loin de penser qu'elle parlait depuis des heures.

Elle venait de se taire, ses yeux gris, légèrement ironiques, cherchant à l'affronter.

Il se ressaisit, ne perdant pas une seconde à

conjecturer ce qui pouvait dès lors advenir. En effet, il lui sembla plus urgent de résumer.

Ainsi, c'était elle. Olivia Licarie. Son élève préférée. La femme de sa vie. Celle qui, dans cette terminale A4 III, en 1977, avait permis par son seul regard que l'enfer fût atténué alors que la bande de petits salauds se déchaînait contre lui.

Elle avait perdu une jambe en 1979, ce qui expliquait, malgré la finesse de la prothèse, cette démarche un peu raide, heurtée tout à l'heure, tandis qu'elle traversait la courte allée.

Cette information, à elle seule, aurait pu occuper l'esprit de Prieur pendant des années.

Mais il y avait autre chose. L'allusion soulignée par le regard ironique des yeux gris plus beaux que jamais.

— Vous pouvez répéter ? demanda-t-il.

Elle sourit.

Le même sourire, songea Prieur qui eut du mal à contenir son émotion devant ce visage qui rappelait celui de l'actrice Monica Vitti.

— J'ai dit, répondit-elle, que mon accident est bien peu de chose en comparaison de ce qui est arrivé à Norgan et Vanderbove.

— Oui, j'ai lu ça ! C'est affreux ! dit Prieur d'un ton sec qu'il regretta aussitôt.

La jeune fille s'enfonça dans son fauteuil. Son regard était plus moqueur que jamais :

— Vachement triste ! Presque aussi triste que la disparition de Giroux. Et puis celle de Wolh, évidemment.

L'émotion amoureuse, chez Prieur, céda le pas à la panique. Curieusement, le siège de ces sentiments divers n'était pas le cœur, comme on l'aurait pu croire, mais le bas-ventre :

— Wolh ? Giroux ?

Il lui sembla que la jeune fille se crispait légèrement :

— Terminale A4 III. En 1977. Jean-Pierre Giroux et Gérard Wolh.

Elle se tut un court instant et reprit :

— Vous les avez tués. Comme les autres.

Il resta interdit, pétrifié, incapable de se jeter sur elle. Elle qui reprenait, implacablement :

— Vous les avez tués ! Vous avez tué ces fumiers qui m'ont tous laissée tomber après mon accident. Mais enfin...

— Enfin quoi ? répondit-il avec un calme dont il ne s'étonna même pas.

— Toute viande, fût-elle avariée, a le droit de vivre avant d'être mangée.

— Mangée ? questionna Prieur. Mangée par qui ?

— Par la mort.

— La mort ?

— Elle m'a bien mangé une jambe.

Quelque chose se modifia profondément dans

l'atmosphère. Il dit encore, un peu hésitant, comme on lance un ballon d'essai :

— Le jeu commence seulement lorsque le sang sanctionne les idées.

Elle lui sourit :

— C'est même une condition nécessaire et suffisante.

Drôle de sourire, pensa-t-il. Un sourire qui renvoyait la vie et la mort dos à dos comme s'il s'agissait de deux compères dans un poker truqué.

— Ce jour est très important ! souffla-t-il d'un ton grave en s'agenouillant près d'elle.

Il tenait les mains de la jeune fille fort serrées comme on le fait lors d'un pacte ou d'un serment.

Elle hocha lentement la tête avec, cependant, une très légère nuance de reproche dans le regard :

— C'est un jour important parce que c'est un jour et que chaque jour est important. Rien de plus.

Puis toute contrariété s'éloigna de ses traits. Son sourire s'élargit et, prenant le visage de Prieur à deux mains, elle l'attira vers le sien.

12

J'étais arrivé en forme vers six heures du matin. L'air chaud, déjà accumulé dans mon bureau, laissait présager une journée torride.

Je classai quelques papiers, en signai d'autres et, après avoir cherché en vain le rapport d'Albalat, me dirigeai vers le bureau des inspecteurs. Il était encore vide, aussi décidai-je de m'asseoir dans le fauteuil pivotant de Schwob.

Mon sentiment de bien-être s'étiola rapidement sous l'effet d'une douleur au foie doublée d'une envie de vomir carabinée.

C'est que, la veille, en vue de la reconquête de Marie, j'avais décidé de mener une vie saine et, pour ce faire, je n'avais rien trouvé de mieux que d'avaler deux litres de lait.

Un conseil de Jo le Pédé.

Bien entendu, j'aurais dû me méfier. Mais c'est que l'animal, malgré tout, parvenait à des résultats. Ainsi, son teint de pêche. Un observateur passager eût constaté le fait, sans plus, ne s'attardant pas aux formidables moyens mis en œuvre.

Je ne suis pas un observateur passager et une rapide enquête m'apprit que Jo avait coutume de se frotter la tronche, « early in the morning », dans son arrière-boutique, avec des citrons verts. Ces mêmes citrons verts qui, dans les publicités, dégraissent les vaisselles sales où s'attardent des sauces gelées. Est-ce à dire que la tronche de Jo le Pédé n'était, somme toute, qu'une assiette crado où s'attardaient des sauces gelées ? On peut le penser, en effet, puisqu'un jour, déboulant à l'improviste dans son arrière-boutique où il avait coutume de faire la sieste vautré sur un transat, je fus confronté à une scène de film d'horreur qui me fit reculer d'effroi tandis que ma main, rapide, plongeait vers mon 38.

Mon voisin et ami, Jo le Pédé, commerçant — presque — honorablement connu et respecté, gisait, apparemment inanimé sur son transat. Son visage, rouge vif, nerfs mis à nu, n'était plus qu'une plaie saignante, abominable, insoutenable d'horreur. On eût dit qu'il avait été écorché vif. Ses joues surtout semblaient avoir été l'enjeu d'un âpre combat entre une meute de ptérodactyles.

Je songeai immédiatement aux petits gangs des quartiers est puis, me forçant à regarder ce visage mutilé, un cri m'échappa :

— Jo !

Le cadavre sursauta et, tandis que mes yeux me donnaient l'impression de jaillir de leurs orbites à la manière des personnages des dessins animés de Tex Avery, je vis une chose épouvantable, au seuil de l'indicible : Jo le Pédé se redressa d'un bond tandis que ses joues sanguinolentes dégringolaient sur le carrelage comme de vulgaires biftecks... qu'elles étaient.

Il me sourit :

— Eh bien, mon loup, tu as eu peur ? Tu m'aimes un peu, alors ? Chien fou, va !

— Mais... Ces deux steaks tartares..., balbutiai-je.

— Pour ma peau, voyons ! répondit-il d'un petit air mutin.

— Sale con ! rétorquai-je.

Puis, de rage, j'ajustai un gnome en porcelaine de Nuremberg et le tirai au bas-ventre.

— En plein dans l' bide ! constatai-je en tendant les bras pour adoucir la chute de Jo le Pédé, évanoui.

*

Faussement jovial, Antoine Albalat était arrivé le premier suivi de Schwob, silencieux comme à son habitude.

Enfin, en retard de dix bonnes minutes,

Gourmond était apparu dans sa vieille veste marron qu'il avait ôtée sans se presser. Puis, tout aussi lentement, il avait arrosé ses fleurs en plastique.

J'avais vu Albalat sortir son rapport de sa serviette et je savais qu'il allait me le résumer. D'ailleurs, le contenu m'intéressait.

Justement.

Donc, c'est vers Gourmond que je me tournai :

— Ça boume ?

Il esquissa un sourire :

— Pas trop. Mes fleurs... Bizarre, elles manquent de vigueur.

— Y'a anguille sous roche ! risqua Albalat, prêt à toutes les bassesses pour se rendre sympathique.

Manque de chance, malgré mes deux litres de lait de la veille, j'étais agressif :

— Ah ! oui. Ousqu'a du soupçon, y'a anguille sous roche, s' pas ? Mais qui c'est c't' anguille-là planquée sous une roche non identifiée ?

— Patron..., répondit Albalat, hésitant.

Ignorant son ton conciliant, je repris :

— Moi, je prétends qu'on peut légitimement avoir le soupçon qu'en effet, il y a anguille sous roche et cela sans qu'en fait il y ait réellement anguille sous roche mais tout au contraire les ossements de Louis XVII, un vieux préservatif marqué USAF ou une grenade à manche !

Puis, à l'adresse de Gourmond :

— Le monde est plein de périls !

Je n'étais pas mécontent. Un abus de pouvoir, certes, mais qu'est-ce que le pouvoir sans abus ?

— Tu peux résumer ? demandai-je à Albalat.

Comme si de rien n'était, ni son manque de dignité ni mon injustice flagrante, bref, avec sa faculté d'encaisser qui le caractérisait, l'inspecteur prit un air pimpant :

— Du neuf, Patron ! Si je vous disais comme ça : David Norgan et Patrick Vanderbove se connaissaient, qu'est-ce que vous répondriez ?

— Je réponds : t'es pas payé pour poser des devinettes mais pour dégoiser un rapport quand je te le demande.

Je m'en serais presque voulu, n'était le regard d'Albalat. Un regard où la haine et la servilité, à forces égales, se livraient bataille.

Albalat me dégoûtait pour mille raisons, mille remarques d'apparence anodine, mille comportements abjects : sa manière d'humilier les pédés ramassés en flagrant délit, slips aux pieds ; le ton doucereux avec lequel il avait, des années durant, évoqué la guillotine avec force détails aux pauvres types hébétés que nous arrêtions après un homicide ; ses tentatives pour faire avaler leurs cigarettes allumées aux pâles loubards enchaînés à des radiateurs ; les commentaires dégueulasses face aux filles violées ; sa manière d'agiter les sachets de blanche devant les yeux fous des camés jusqu'à ce que ceux-ci se tapent la tête contre les murs. Je n'aimais pas qu'il fût chasseur et, comme il nous l'avait dit, qu'il s'ingénie à déposer le produit de sa chasse sur la table de la salle à manger, sachant que ses enfants allaient se mettre à pleurer. Et tout se tenait dans son physique grossier, sa tête d'hydrocéphale, ses cheveux frisés, ses petits yeux vicelards derrière ses grosses lunettes, son corps gras et informe. Tout se tenait : son ton cassant avec les subalternes, la manière ostentatoire avec laquelle il se mettait en valeur, sa connerie congénitale, sa vacherie, sa suffisance, son racisme de petit Blanc, son humilité devant les puissants, et cet air particulier qu'on connaît aux violeurs potentiels.

— Alors, ils se fréquentaient ?

— Oui, Patron. Ils ont été dans la même boîte : le cours Sadeau.

13

Nous avions roulé toutes vitres baissées et ventilateur poussé à fond mais rien n'empêchait la chaleur de nous accabler. La sueur, froide, me glissait sous les bras, comme étrangère, comme un serpent. Plus les zones de peau étaient douces, plus la sueur semblait étrangère. Pareille en cela à la froideur du serpent.

Gourmond, cravate dénouée, chemise ouverte, conduisait un peu vite, espérant sans doute faire chuter la température intérieure de la 305. Sur le siège arrière, Schwob et Albalat se taisaient.

La ville semblait s'être tassée sur elle-même comme un gros animal se ramassant pour sauter un précipice.

Sauf que, chaleur ou pas, les précipices se faisaient de plus en plus nombreux et le gros animal, lassé par deux mille ans d'histoire, par les millions de parasites humains qui l'avaient habité avant de disparaître vers les sous-sols, cet animal-là sautait très mal, sans grâce, comme un vieux champion au sourire fatigué.

Un peu las, je jetai un coup d'œil à l'extérieur. Les choses, mais c'est là un effet naturel dû à la température, les choses, donc, semblaient floues. Il en allait ainsi des réverbères, des automobiles, des immeubles.

Nous suivîmes un instant un corbillard qui créa un certain malaise à l'intérieur de la 305 du fait, sans doute, que nous avions tous vu ce qu'il advenait aux cadavres par ces temps de canicule.

Gourmond cala et, devant le mauvais présage, injuria le véhicule :

— Salope !

Longue plainte du démarreur :

— Tu vas partir, ouais ? J'te foutrais ce matériel pourri à la casse, moi !

Cela devenait franchement malsain, aussi lançai-je :

— Qui veut voyager loin menace sa monture.

Mais, à part Albalat qui est un cas clinique, personne ne rit. Tout se passait comme si les grandes chaleurs et la morosité allaient de pair, entrant directement au Panthéon des vieux couples maudits, juste à côté de M. et Mme Kapital-Travail.

Nous arrivâmes peu après.

*

Le directeur du cours Sadeau ne nous avait pas appris grand-chose, son seul rapport consistant à nous céder la liste de la terminale A4 III avec, en regard, l'adresse de chacun des élèves. Il nous signala également qu'à deux exceptions près, les professeurs étaient les mêmes et je songeais déjà à laisser Schwob et Albalat en arrière-garde pour qu'ils procèdent aux interrogatoires des susdits.

Il faisait assez frais dans le bureau du directeur et cela devait tenir aux grosses meulières de l'immeuble.

Le cours Sadeau avait d'ailleurs conservé, soit par avarice, soit par calcul psychologique, certains archaïsmes : vieux pupitres à encriers, tableaux noirs, tabliers pour les élèves.

Et jusqu'au bureau du directeur où reposait un sablier. Sa contemplation m'absorbait tout entier depuis un long moment. Cela tenait moins à l'objet de plastique, peu ouvragé et même assez quelconque dans sa forme et sa conception générale, qu'au symbole dont je m'étonnais qu'après des siècles et des siècles, il eût gardé intacte sa force d'impact.

Le directeur s'était levé.

Je n'aimais pas cet homme-là.

Il crut de bon ton, au moment où nous allions

prendre congé, de nous signaler qu'entré dans cet établissement comme remplaçant provisoire vingt ans plus tôt, il en était à présent le directeur.

Je pris un air sympathique :

— Diriez-vous que vous êtes aujourd'hui votre propre maître ?

Quoique étonné, il hocha la tête. Insatisfait, j'insistai :

— Le diriez-vous ?

— Sans doute !

Je pris alors cet air grave qu'on voit à celui qui vient de faire une grande découverte :

— C'est tout à fait intéressant !

Mis en confiance, le directeur devint jovial :

— Mais oui, absolument, je suis mon propre maître !

Je fis mine d'objecter, pour la forme, comme s'il s'agissait là d'un point tout à fait secondaire :

— Et donc, par voie de conséquence, votre propre esclave !

— Comment ça ?

— Qui dit maître dit esclave, voyez Socrate. Où est votre esclave ?

On n'attend pas, généralement, ce genre de propos d'un commissaire de police. On a bien tort.

Je me tournai vers Gourmond :

— Qu'en dis-tu, Rémy ?

— Faut être vraiment con pour être son propre esclave.

J'allumai un Davidoff et expliquai au directeur médusé :

— J'ai eu tout le temps de m'interroger là-dessus, par exemple lorsque le directeur de mon bahut m'engueulait. Voyez-vous, je crois que votre situation est sans issue, sinon désespérée. Le maître, en autocrate, sait que la pérennité de sa condition tient à celle de l'esclave. Quant à celui-ci, il n'ignore pas qu'un quelconque mouvement de libération de sa part nuirait certes au maître mais, du même coup, le grand perdant serait monsieur le directeur, c'est-à-dire l'esclave lui-même. Terrifiant, non ?

*

Prieur avait troqué son survêtement délavé contre un costume de flanelle grise.

En vue de l'immeuble, il regarda l'enveloppe, l'ouvrit et jeta un coup d'œil à l'intérieur. Il en sortit d'abord un petit mot tapé à la machine : *Ma femme, grande, brune, trente-cinq ans, est un peu trop vorace et nous cherchons un supplétif jeune, propre, bonne éducation...*

Il observa ensuite le cliché couleurs représentant la femme du type à la Golf. C'était la première fois qu'il joignait la photo à la lettre mais, considérant la pause aguichante de la jeune femme, il estima que cette fois, il doublait ses chances. Peu d'hommes hésiteraient à se rendre à un rendez-vous où attendait ce genre de fille.

L'idée d'un contretype venait d'Olivia. Excellente idée. Il avait même fait tirer dix épreuves d'un coup.

Prieur ouvrit la porte de verre et se mit en batterie devant les boîtes aux lettres.

Sans réelle surprise, il trouva le nom qu'il cherchait : Alain Stickman.

Il accorda une brève pensée à ce grand type froid dont une de ses anciennes collègues, prof de chimie, disait qu'il était « merveilleux ».

Prieur, que tout cela amusait beaucoup, se plut à imiter un rire sardonique en maugréant d'une voix de rogomme :

— Chère petite tête blonde !

La lettre glissa dans la boîte.

14

Alain Stickman considéra son courrier sans curiosité. Une facture de l'E.D.F., une publicité pour *L'Express*, une autre pour une entreprise de dépannages en tout genre et enfin cette lettre sans timbre, assez étrange.

Il l'ouvrit maladroitement et en tira immédiatement la photo qui le plongea dans la plus extrême perplexité. Puis, machinalement, il jeta un coup d'œil à la lettre d'accompagnement, très brève, tapée, comme l'adresse, à la machine.

Il sortit de son immeuble et, fourrant l'enveloppe dans sa poche de pantalon — en raison de la chaleur, il ne portait ni veste ni blouson mais une simple Lacoste blanche —, entreprit une courte balade.

Il se retrouva assez rapidement rue de l'Ouest.

Un quartier qu'ordinairement il évitait soigneusement et cela, pour différentes raisons, la principale étant les sensations désagréables que faisait naître en lui la vue de ces ruines, de ces maisons aux fenêtres aveuglées par des parpaings mal jointoyés auxquelles s'ajoutaient différentes choses : la misère des populations maghrébines, le désarroi des vieux habitants et ce qu'il estimait être un combat donquichottesque mené par les squatters.

Il lui semblait que cette France-là, archi-battue par les techno-structures, s'offrait la représentation concrète, sinon militaire lors des affrontements avec la police, de cette déroute inscrite dans l'évolution du pays.

Stickman était le fils unique de petits commerçants spécialisés dans l'électroménager et, longtemps, son horizon s'était limité à la rue d'Avron avec, là-bas, à moins de deux cents mètres, la porte de Montreuil.

C'est par ce biais-là, référentiel en somme, qu'il avait immédiatement perçu l'essence populaire du quartier de la rue de l'Ouest dont la démolition lui était, à ce titre, assez pénible.

Avisant un petit troquet provisoirement épargné, il y pénétra et, choisissant une table près de l'entrée, commanda un café.

Un instant, il hésita entre la relecture de la lettre, toujours dans la poche de son pantalon, et la contemplation de l'endroit.

Cette manie d'observer avec attention tous les lieux et milieux où le hasard le menait, il l'attribuait sans hésitation à ses études d'ethnologie qu'il venait de terminer deux jours plus tôt en soutenant brillamment un mémoire de maîtrise axé tout entier sur l'analyse du comportement des clients dans un magasin d'électroménager de la rue d'Avron.

Il sourit, songeur, en évoquant certaines têtes de chapitre : « La femme devant la technique », « De l'appareil électroménager appréhendé comme cadeau » :

a) conception pratique et intéressée du (de la) donateur (trice).

b) réaction du (de la) receveur (euse).

Pas un véritable travail, au fond. Presque une partie de plaisir avec papa fier comme un paon à l'idée que « la boutique » puisse servir de champ d'analyse à « l'Université de Paris ».

Il sourit de nouveau.

Il est de fait qu'ayant revu, par hasard, le directeur du cours Sadeau, il avait appris qu'il était le seul élève de la A4 III à avoir obtenu son bac. Mais quoi d'étonnant ? Il avait toujours été un excellent élève et seul le retard accumulé du fait de ses crises d'asthme expliquait son éloignement de l'enseignement public. Il n'empêche que son père, lorsqu'il l'apprit, s'était plu à raconter l'anecdote aux clients qui écoutaient poliment.

Cela avait fait naître, en Alain Stickman, un mélange de honte et de tendresse. Tendresse à laquelle il répondit en entrant à l'université où, produisant quelque effort, il n'eut aucune difficulté à décrocher des notes exceptionnelles.

Il considérait cela comme normal. La moindre des choses que d'écraser tous ces fils de bourgeois, lui qui, précisément, avait grandi dans deux pièces minables que « la boutique » envahissait largement comme l'attestaient les ampoules électriques, prises de courant, tambours de câbles et autres fournitures qui traînaient un peu partout sur les rares meubles de « l'appartement ».

La moindre des choses, en effet, que d'offrir cette maîtrise à son père qui l'avait élevé seul. Ne serait-ce qu'au souvenir de ces lointaines années où Papa, après l'avoir bordé, lui chantait tout doucement : *Petit homme tu pleures, je connais ton chagrin...*

Stickman contint difficilement l'émotion qui lui serrait la gorge et, pour faire diversion, observa le café qu'une vieille femme venait de lui servir.

S'il adorait le café, en abusant très largement, il ne pouvait souffrir qu'on le lui servît dans un verre et, *a fortiori*, dans un verre en pyrex d'une propreté douteuse.

Mais, s'il voulait faire montre d'un minimum de cohérence, il devait admettre que ce verre était à l'unisson avec l'endroit d'où émanait un certain charme qu'il essaya de définir.

Le troquet semblait statufié dans l'avant-guerre. On aurait même pu le croire tout proche du fameux *Hôtel du Nord*. Et, pêle-mêle, Stickman prit note des tables bancales, des vieilles chaises de jardin, du manque d'éclairage, des noms de boissons — qui lui semblèrent surannées — réclamées par le petit groupe debout devant le comptoir de cuivre rose : Picon, mêlé-cass, Suze...

Enfin, le groupe lui-même dont la moyenne d'âge devait s'établir autour de soixante-cinq ans.

Stickman ressentit une certaine tendresse, attribuant à ces inconnus des histoires de vies qui n'étaient pas les leurs mais qu'il avait entendues jadis, rue d'Avron.

Il imagina tel homme, voûté au comptoir, en chasseur alpin rescapé de l'aventure de Narwick. Tel autre en ancien prisonnier de Poméranie chantonnant « Machine Kaputt, gut, gut, gut » à son geôlier dès qu'un appareil agricole déclarait forfait. Et celui-là, au cou de taureau, il l'imaginait bien retraitant vers la Loire, yeux rivés au ciel dans l'attente d'une mort azur et pourpre.

Il pensa à ces hommes dans leur vie de travailleurs et des noms d'entreprises lui revinrent, toutes chargées de mystère parce que probablement disparues : « la Sudation scientifique », « les usines Boldoflorine », « les médicaments Ephydrol », « les machines à coudre Harrys », « les T.S.F. Tonalux », « les stylographes Liberty », « la peinture Silexor »...

Stickman se secoua puis, d'un geste prompt, sortit l'enveloppe, relut le mot contenant un rendez-vous et regarda longuement la photo.

Il n'aimait pas le vice et ne se pensait pas pervers d'où, *a priori*, une très nette répulsion pour ce genre d'aventure ; n'était... N'était que cette fille était la vie et qu'il ressentait comme une nécessité le besoin d'étreindre la vie, de se rouler dans un lit avec elle, de s'épuiser à lui faire l'amour.

Il se leva brusquement, ignorant qu'il ne lui restait que quelques heures à vivre.

15

— Vous ?

Stickman ne répondit pas, considérant froidement son interlocuteur. Il regarda autour de lui, fixa un moment la façade de la petite gare de la porte de Vitry puis, d'un ton neutre :

— Vous pouvez m'expliquer ?

Prieur se redressa vivement, cambrant les reins et gonflant la poitrine, attitude adéquate, semble-t-il, pour exprimer le sursaut d'indignation :

— Stickman, rien n'est prémédité ! C'est l'effet du hasard puisque mon épouse travaille aussi rue du Texel.

— Si c'est le cas, en quoi y voyez-vous un hasard ? C'en est effectivement un, mais pour le savoir, il faut être averti de mon adresse. Vous êtes pris en flagrant délit de mensonge, monsieur Prieur. Alors dites-moi plutôt le sens de tout ça.

Prieur était fou de rage. Après lui-même. D'abord, pour s'être ainsi « coupé ». Ensuite, pour avoir oublié que Stickman avait toujours été mille fois plus fin que les autres. Un court instant, il se souvint de Stickman, en classe. Le meilleur. Le plus réservé. Le plus intelligent. À tel point — et c'était là son grief essentiel — que les autres sollicitaient son approbation muette tant son leadership était établi. Au fond, Stickman s'était imposé à grands coups de silence, ébauchant un vague sourire aux plaisanteries des autres. Ainsi, le jour où lui, le prof, s'était assis sur son siège tapissé d'excréments. Un déferlement de rires ! Des hurlements ! Et tous ces salopards qui se penchaient pour guetter le fin sourire de Stickman.

— Je voulais..., commença Prieur, je voulais que vous racontiez à mon épouse tout ce que j'ai enduré. J'ai pensé à vous parce que... Parce que vous étiez différent. J'avais peur que sans cet artifice je ne puisse même pas être entendu.

Stickman hocha la tête :

— C'est ridicule ! Je serais venu, évidemment. J'ignore pourquoi vous tenez à raconter cela à votre épouse, mais je serais venu. Je... Je vous le devais.

— Comment ça ? demanda vivement Prieur.

Stickman hésita :

— L'adolescence est cruelle. Surtout ces gens-là.

— Quels gens ?

— Ceux du cours Sadeau. À vrai dire, je ne les aimais pas beaucoup. Mais vous avez eu votre part de responsabilité.

— Ah ! oui. Je voudrais bien savoir comment vous l'entendez ! rétorqua aigrement Prieur.

Stickman, que cette longue station debout, en plein soleil, fatiguait, fit un effort pour expliquer très doucement :

— Votre attitude ! Vos airs de... Excusez-moi, mais vous aviez l'air d'un matamore. Toute votre attitude semblait une provocation, un appel direct à leur comportement. Vous n'aviez peut-être pas précisément les moyens nécessaires à une telle attitude parce qu'ils étaient très protégés. Vous auriez évidemment dû vous douter que dans ce genre d'établissement dépendant directement du fric des parents, on ne renvoie pratiquement jamais un élève.

— C'était une raison pour me traîner dans la boue ? Une bande de petits dégueulasses ! Tous des dégueulasses !

Puis, plus bas :

— À l'exception de Mlle Licarie.

Stickman, très mal à l'aise, alluma une cigarette :

— Tout le monde ou personne. Olivia et moi, pour des raisons très différentes, représentions une sorte de pôle. Cela dit, ni elle, ni moi, ni un certain nombre d'élèves n'avons directement participé à ces chahuts.

Puis, plus bas, il ajouta :

— Même si nous avons laissé faire.

— Hypocrite !

— Je crois que tout est dit, monsieur Prieur. Je n'aime pas voir un homme humilié mais... Excusez-moi, je suis navré... Vous étiez si drôle !

Prieur saisit Stickman par le col de sa chemise :

— Tu trouves ?

— Lâchez-moi ! siffla Stickman entre ses dents. Lâchez-moi ou je vous rentre dedans !

Prieur s'ébroua, regarda longuement Stickman d'un air hagard puis fit mine de se détourner pour pleurer.

Désemparé, Stickman songea un instant à s'enfuir. Planter là ce pauvre type et prendre ses jambes à son cou. Hésitant, il demanda finalement :

— Votre femme, Mme Prieur : que s'est-il passé ?

À ce moment précis, Prieur se demandait comment faire venir une quelconque larme sur sa joue. Contractant ses paupières au maximum, il parvint néanmoins, une fois retourné, à présenter des yeux rougis :

— L'indiscrétion d'un collègue au cours d'un dîner à la maison. Elle sait tout, maintenant : les excréments sur mon siège, les bombardements de boules puantes lorsque j'écrivais au tableau, la charogne de rat crevé dans le tiroir de mon bureau, les serviettes hygiéniques dans les poches de mon pardessus... Et tout le reste.

— Et vous voudriez quoi ?

Prieur répondit sur un ton passionné :

— Qu'on lui explique. Qu'on lui dise qu'il s'agissait d'une classe exceptionnelle et que n'importe qui, à ma place, aurait été dépassé.

Il se tut un court instant et reprit, plus bas :

— Elle m'a traité de lavette !

Stickman prit sa décision d'un coup :

— Entendu, je vous suis.

16

Stickman attendait la mort.

Il attendait patiemment, s'efforçant au calme. C'était à présent inévitable; alors plutôt qu'une lutte acharnée, vive, atavique, il entendait lui opposer le plus grand calme possible même si, par instants, il avait envie de hurler d'horreur devant sa vie qui s'enfuyait.

Prieur avait tiré à quatre reprises, de plus en plus déconcerté. Olivia, présente, n'avait fait aucun commentaire. Son visage était resté indéchiffrable jusqu'au bout tandis que, tressautant sous les impacts, Stickman s'était appuyé avant de glisser lentement contre le mur de cette cave où Prieur l'avait obligé à descendre sous la contrainte de son arme.

Un Prieur blafard sous la lumière rasante de la baladeuse fixée au mur par quelques clous cavaliers.

Un Prieur incrédule parce que, sans doute,

quatre balles dans la poitrine, c'était plus qu'il n'en fallait.

Stickman sentit une nouvelle nausée sanglante lui envahir la bouche avant de lui dégouliner sur le menton, comme on le voit des bébés ou des grands vieillards avec leur bouillie.

À ceci près que cette bouillie rosâtre, parfois rouge, c'était sa propre substance ; l'essence d'un corps, siège d'un esprit, qui avait mis vingt-trois ans à se faire pour finalement se défaire en quelques dizaines de minutes.

Le temps d'une agonie et tout serait fini.

Tout !

S'en aller ainsi, avec la somme de ses sensations émotionnelles et esthétiques. Partir avec quelque part dans le cerveau sa propre interprétation de Nietzsche, Heidegger ou Mann, ensevelir pêle-mêle, outre soi-même, une lecture subjective d'Orwell, Balzac, Stendhal, Brecht, Bach, Mozart, Juan Gris, et les champs de blés sous le soleil écrasant, les rues d'hiver balayées par le vent glacé lorsque celui-ci chasse obliquement les flocons de neige, l'aube hésitante, la lune argentée bleuissant et magnifiant les formes humaines dans la lumière de la nuit, ce voisin portugais qui avait peint des flammes sur la carrosserie de son Opel Ascona et qui y était mort carbonisé le lendemain ; tous les signes, les clins d'œil, les hésitations, les élans et les soupirs : une vie.

C'était trop con. Con comme l'infini. Cet infini dans lequel il allait se fondre sans rien laisser de son passage qu'un peu d'amour et cette rencontre avec ce couple de fous.

Con comme l'espoir qui l'abandonnait.

*

Ses poumons sifflaient.

Un véritable sifflement, identique à celui d'une bouilloire.

C'était si abominable, si impensable, qu'il en sourit.

Il importait peut-être, devant l'inéluctable, de conserver une certaine distance. Une sorte de règle de conduite qu'il s'était fixée jadis, rue d'Avron, lorsque l'horizon se limitait, pour la vie, semblait-il, à la porte de Montreuil.

Oui, conserver à cette agonie le sens de sa vie. Faire de cette agonie une confirmation, un paraphe. Et cela, même s'il ne devait pas y avoir de témoin.

Il regretta, fugitivement, de ne pas avoir approfondi le problème de Dieu. Il n'avait jamais réellement tranché, ayant été tour à tour séduit par les belles figures de l'athéisme ou de la pensée chrétienne.

Mais il n'était plus temps.

*

Son regard se troublait au fur et à mesure que le sang chaud lui coulait des lèvres tandis que ses poumons, à présent, émettaient un bruit de soufflet de forge.

Il se rappela alors le vieux Juif polonais de la rue des Pyrénées.

Pourquoi celui-là?

Il ne chercha pas à analyser les raisons de cette mystérieuse sélection. Peut-être que son cerveau, qui devait perdre des millions de neurones, tournait en rond...

Il avait beaucoup aimé le vieux Juif polonais. Il était fou, certes, et c'était la risée du quartier mais son monde clos le fascinait.

On disait de lui qu'il avait été riche, avant guerre, mais ce n'était plus le cas. On disait aussi qu'il « n'avait pas à se plaindre », grâce à sa pension d'ancien déporté.

Qu'il eût été déporté : parfaitement exact. Avec toute sa famille. Il n'empêche, l'homme blessé, déjà tué dans ce qu'il avait de plus cher avait, contrairement aux dires des gens du quartier, matière à « se plaindre ». Il ne s'en privait d'ailleurs pas. À ceci près, et cela expliquait rires et quolibets, qu'il réservait exclusivement ses griefs entrecoupés de longs sanglots aux réverbères de la rue des Pyrénées.

Tout cela était rigoureusement authentique et, plus d'une fois, Stickman avait vu le vieux Juif saluer en ôtant son béret les réverbères aux halos incertains.

La bouchère racontait, pliée en deux de rire, que parmi tous ces réverbères il semblait préférer celui de la boulangerie.

Et c'était exact. Le réverbère de la boulangerie était son grand copain. C'est à lui qu'il réservait, en yiddish, ses discours les plus véhéments. Les plus pathétiques, aussi.

Mais ce que tous ces crétins ignoraient, ce qu'il était le seul à avoir compris, lui, Alain Stickman, c'était les raisons de ce choix.

Le réverbère de la boulangerie avait toujours joué de malchance. À croire qu'à peine installé la scoumoune s'était abattue sur lui comme l'harmattan sur le désert. Ainsi, à deux reprises, en moins de trois ans, des camions s'étaient écrasés sur lui. À bien le regarder, avec ses multiples cicatrices et estafilades, on sentait qu'il n'était pas comme les autres. Et jusqu'à sa lumière falote, tremblotante et perpétuellement nimbée qui semblait hurler dans la nuit froide à l'unisson du vieux Juif.

Stickman n'avait pas revu le vieil homme depuis quinze ans et sans doute était-il mort.

Mais, chaque fois qu'il allait voir son père, il passait devant le vieux réverbère et, furtivement, lui adressait un clin d'œil.

Son père !

Stickman sentit qu'il avait bien mal chronométré son agonie.

Son père, il l'avait gardé pour la fin mais la fin arrivait à toute allure !

La terreur le saisit. En un éclair, il songea que son père, tout comme le réverbère, allait rester seul, vieillir seul, mourir seul...

Ses yeux s'exorbitèrent et, tandis qu'un flot de sang lui sortait de la bouche, il hurla :

— Papa !

17

Ils formaient un étrange couple, elle traînant la jambe et lui — malgré son survêtement de sport délavé — très rapidement essoufflé.

Ils considéraient gravement le cadavre du jeune homme blond, fixant plus spécialement son visage aux yeux agrandis et à la bouche ouverte.

— Il est mort assis, constata Prieur.

Elle ne répondit pas.

Prieur songea alors que Stickman, quoique mort, devait être encore tiède. Sa position étrange le laissait perplexe : assis sur le sol poussiéreux de la cave, les épaules adossées contre le mur de brique, le buste presque droit.

— Jamais comme les autres ! maugréa-t-il.

Il jeta un bref regard à la jeune fille qui avait tenu à faire l'amour pendant l'agonie de Stickman. Elle lui sembla très belle avec sa bouche un peu épaisse à la Monica Vitti, et puis ses yeux gris à peine soulignés d'un trait de khôl, les cernes légers, les cheveux d'un blond cendré...

Il posa sa lourde tronçonneuse sur le sol et, mettant un genou à terre, actionna le starter et l'arrivée d'huile afin que l'appareil se trouve en position de marche. Il s'apprêtait à tirer sur le démarreur — une longue ficelle de nylon comme on en voit aux moteurs de hors-bord — lorsqu'elle l'interrompit :

— Non !

— Quoi, non ?

— Pas lui !

— Pourquoi pas lui ?

— Il n'a rien à voir avec les autres.

— Tous les morts sont pareils. Tronçonnés, ils ne ressemblent à rien. Tu verras !

Elle se tut un instant puis répondit par une litote :

— Autant que tu le saches : il ne m'a jamais laissée indifférente.

Une bouffée de colère le submergea et, se redressant :

— Cette ordure ?

Puis, radouci :

— Tu l'as aimé ?

— Oui.

— Tu l'aimes... encore ?

— Oui.

Il reporta son regard sur le cadavre dont le

sang, coulant de la bouche et du menton, avait formé comme un bavoir rouge sur la chemise blanche. Un instant, il s'interrogea sur un très vague sentiment de culpabilité teinté de regrets. Mais non, décidément non, il ne pouvait s'agir que d'artifices et de présupposés puisque tout cela était absolument normal. D'ailleurs, il avait bien trop mal à la tête — une de ces horribles douleurs qu'il ressentait de plus en plus souvent — pour se compliquer la vie.

Gonflant la poitrine d'aise, il totalisa la maigre somme de son bonheur : imposer la justice et avoir Olivia. Tout y était et peu importait qu'elle ne l'aimât point. Peu importait qu'elle ait été amoureuse de ce Stickman. Encore que...

— Il ne t'aimait pas, lui ? questionna-t-il d'un air terriblement choqué.

— Non.

— Tu ne lui plaisais pas ?

Elle ne répondit pas. Il insista :

— À cause... Heu... de ta jambe ?

— C'est autre chose. Je veux dire que nous avions d'autres rapports.

Il ricana :

— Intellectuels ?

— Si tu veux. Je crois qu'il ne m'a jamais considérée comme une femme, même avant mon accident. Il me disait...

— Quoi ?

— Il me disait que j'étais la seule avec qui il pouvait parler. Moi et les réverbères.

— Il se foutait de toi ?

— C'était pas le genre. Je lui ai demandé ce qu'il voulait dire mais il a toujours esquivé par un sourire.

— Tu te rappelles ça ! dit-il avec amertume.

Elle le regarda, étonnée :

— Tu ne l'as jamais vu sourire ?

— Peut-être, mais moi, je n'en avais rien à foutre !

Il se tut un instant et reprit, nerveux :

— Qu'est-ce qu'il avait, son sourire ?

— Je ne sais pas. Mais quand il souriait...

— Tu le voyais nimbé d'oiseaux bleus..., railla-t-il avant d'ajouter : Et qu'est-ce qu'il en reste ? Vas-y, regarde ! Un sourire rouge ! écarlate ! fuchsia ! pourpre !

— Parlons d'autre chose ! répondit-elle.

— De la tronçonneuse ? Eh bien, c'est entendu. Il s'agit d'une Homelite. Une 750 S.L. Le grand modèle avec une longueur du guide de 50 cm. Tu noteras aussi la sécurité de détente, le frein de chaîne et la chaîne antirebond. Admire également le protège-main gauche et la sécurité de main droite ainsi que le système breveté antivibration. Considérant d'autre part les 112 cm^3 de cylindrée, tu...

Elle l'interrompit :

— Denis, tu tiens à moi ?

Amplifié par ses affreux maux de tête, il eut l'impression d'un vaste écroulement. Ses organes, et son cœur notamment, dégringolaient dans ses souliers. Il était Pompéi sous le Vésuve, Ys s'enfonçant dans les flots, un pauvre fétu chutant dans un trou sans fond.

— Olivia !

— Abandonne-le où tu voudras mais de façon qu'on le retrouve vite et intact. Alors...

La voix, jusqu'ici très dure, se radoucit :

— Alors, je ne te quitterai jamais.

18

Il n'était pas cinq heures lorsque la sonnerie du téléphone me tira du lit.

— Inckel?

— Lui-même!

— Stefenon.

Un collègue. Commissaire, lui aussi. Un type mesuré dans ses attitudes et ses propos. Un type qui me délabrait, me donnant envie de lui dire :

— T'es raisonnable, toi?

— Oui, je suis un être pondéré.

— Alors v'lan dans ta gueule!

Et de lui taper dessus jusqu'à ce qu'il convienne qu'on ne saurait être raisonnable dans ce monde-là et avec le job que nous exercions tant bien que mal.

Mais c'est un tout autre discours que je lui tins :

— T'as une bonne raison?

— Excellente! On vient de trouver un type affalé dans les poubelles.

— Ça m'arrive tous les soirs, répondis-je froidement.

— De quoi ?

— De m'affaler dans les poubelles.

Il y eut alors un long silence que je mis à profit pour me lever et, l'appareil à la main, m'approcher de la kitchenette.

— Oui, mais lui, il était mort !

Gagner du temps :

— T'es sûr ?

— Absolument !

— Dans mon secteur ?

— En plein : rue de la Butte-aux-Cailles !

Calant l'appareil entre mon oreille et mon épaule, je me fis réchauffer du café de la veille, ignorant la table non desservie.

— Tu fais ta vaisselle ou quoi ? demanda Stefenon.

— Je suis là dans vingt-cinq minutes maximum.

En fait, je n'avais envie de rien si ce n'est de faire, précisément, ce que je réalisais à l'instant : m'asseoir, avaler une longue gorgée de café, repousser les assiettes sales et me prendre la tête à deux mains pour réfléchir.

Réfléchir à ce que voulait exactement dire Jünger lorsqu'il écrivait : *L'insolubilité est un indice de supériorité* ou bien, sur le mode « joies simples », me souvenir de la petite fête d'hier avec Gourmond et Jo le Pédé.

La tête de Gourmond lorsqu'il s'était penché vers moi d'un air naïf en disant à voix basse :

— Patron, ce monsieur Jo le Pédé, il est vraiment de la jaquette flottante ?

Presque émouvant.

Je jetai un œil torve à la carcasse du poulet qui gisait, « absolument » mort — comme aurait dit Stefenon — au milieu de la table.

L'idée me vint qu'il me fallait impérativement me souvenir de quelque chose mais, une fois de plus, je ne savais pas si cela concernait ma vie ou l'enquête.

Il me semblait que cela tournait autour du bleu...

Au Viniprix ! Juste devant moi, une petite vieille avec une drôle de veste bleue, de ce bleu figurant les océans sur les atlas, un bleu presque pervenche et curieusement changeant sous les spots, un bleu proche du bleu de méthylène mais digne de s'appeler bleu de mytilène parce que cela semble très aristocratique, presque bleu de Mycènes...

Je considérai la carcasse de poulet, eus un renvoi aigre et brûlant de mauvais cognac puis détournai les yeux.

Mycènes ! Les cours de grec vingt-cinq ans plus tôt avec mon vieux dictionnaire de grec sur mes genoux tandis que la nuit enveloppait la salle de classe !

Homère ! « À peine avait paru l'aurore aux doigts de rose, fille du matin, que le cher Ulysse passait ses vêtements et s'élançait du lit... »

Je courus vomir aux W.-C., histoire de déposer ma vie d'homme sur un autel digne d'elle.

*

Albalat fit un commentaire succinct :

— Alain Stickman. Je l'ai reconnu sur la photo de la terminale A4 III. C'est un de ceux qu'on recherchait.

— Pas de famille ?

— Un père. Mais il nous a dit, hier, sans doute au moment du crime, qu'il avait perdu son fils de vue.

— Tu l'as cru ?

— Non. Mais ça m'avançait à quoi ?

— Retournes-y. Tache de voir si ce type connaissait des ennemis à son fils, histoires de mœurs, came, chantage, etc.

Je regardai Stickman. Beau gosse pour ce qu'on pouvait en voir. Pour le reste, la poitrine en écumoire.

— Combien m'as-tu dit qu'ils étaient, dans cette classe ?

— Vingt-sept, Patron.

— T'en es où ?

— M'en manque !

— Combien ?

— Si je considère les trois macchabées comme des... comme des types « identifiés », ça fait qu'il m'en manque encore quatre, trois garçons et une fille. À quoi s'ajoute un cinquième actuellement aux États-Unis.

Je n'hésitai plus : il me fallait voir le grand Patron, lui faire un topo alarmiste et exiger — d'une voix douce — une protection pour les survivants de cette classe maudite.

Il me fallait aussi revoir plus longuement tous les profs, agents de service et jusqu'au jardinier.

Je me tournai vers Gourmond :

— Échelonne ça au petit poil. Je veux tous les profs et tout le personnel dans mon bureau. Je reçois le premier à treize heures.

— Difficile, Patron : tout le monde révise ou fait réviser le bac et dans les boîtes à bac plus qu'ailleurs.

— Rien à foutre !

Je m'adressai alors à Albalat qui suivait deux filles des yeux :

— T'as retrouvé les deux profs qui ont quitté le cours Sadeau ?

— Oui, Patron ! L'un est au Père-Lachaise suite à une crise cardiaque. L'autre a changé de bahut mais il habite toujours Ivry.

— T'as vérifié s'il avait enseigné à cette terminale ?

— C'était leur prof d'histoire-géo.

— Convoque-le aussi, mais en dernier.

Albalat me fit un signe d'assentiment et reporta son attention sur les deux filles. Sa voix se fit plus grasseyante lorsqu'il me dit à mi-voix :

— Des secrétaires ! Elles doivent vendre leur cul pour se saper comme ça ! Ça explique ce qu'on voit l'hiver : les boniches en bottes fauves et fourrures, comme des vraies dames !

Souriant, je lui adressai ce petit signe qui exprime le désir d'un aparté.

Albalat ne s'y trompa pas, qui me suivit en se dandinant :

— Tu sais, Albalat, ça fait très longtemps que je voulais te le dire alors ce sera aujourd'hui : t'es vraiment une salope !

19

Le colis dégageait une odeur nauséabonde.

C'était un simple paquet de carton entouré de ficelles et seul le fond, humide, presque pourri, pouvait attirer l'attention.

L'envoi m'était adressé et c'est avec une certaine curiosité qu'utilisant mon coupe-papier d'ivoire, je tranchai les ficelles.

Pendant quelques secondes, je n'eus aucune pensée. Puis, émergeant lentement, je fus heureux de n'avoir plus rien à vomir.

Il s'agissait de deux mains coupées net à hauteur du poignet.

— Elles se décongèlent ! me glissa doucement Gourmont.

— Hum !

L'idée m'arrivait, rapide et sûre, qu'il s'agissait d'un message et j'en compris immédiatement le sens :

— Albalat !

— Patron ?

— Prends-moi ces empreintes !

Je le vis verdir tout en déglutissant puis, presque humblement :

— Les deux pognes, Patron ?

— Évidemment.

Lorsque j'avais posé les deux mains coupées à plat sur le carton dont j'avais écarté les bords, un détail m'avait frappé : les deux pouces étaient tous deux à gauche. Il s'agissait donc de deux mains droites et, bien entendu, de deux victimes différentes.

J'ouvris mon tiroir et en sortis ma loupe, la grosse, celle munie d'un manche qui m'évoquait Sherlock Holmes et dont je ne m'étais jamais servi par peur du ridicule.

Le doute n'était pas permis. La plus grosse des deux mains avait des poils noirs alors que sur l'autre, je vis un très léger duvet blond. Comparant les auriculaires, je distinguai nettement une différence de structure et de dessin des ongles.

Albalat fit diligence mais il est vrai que les dossiers étaient sortis. Il écarta plusieurs fiches puis en cala une contre un classeur. Sa loupe allait de l'empreinte d'une des mains coupées à la fiche qu'il plaça à part avec un hochement de tête satisfait.

Pensif, j'allumai un Davidoff en regardant vaguement Albalat qui s'activait toujours.

Il sembla se bloquer de nouveau et approcha une fiche à quelques centimètres de ses yeux. Enfin, il posa sa loupe, se leva et me tendit les deux fiches.

J'ignorai son geste :

— Alors ?

— Je vais faire exécuter un agrandissement, Patron.

— Alors ?

— Eh bien... Vaudrait mieux se faire confirmer par l'identité judiciaire.

— Alors ?

— Jean-Pierre Giroux et Gérard Wohl. Tous deux disparus.

Mon Davidoff s'était éteint. Albalat me tendit la flamme de son briquet en même temps que Schwob. C'est à ce dernier que je pris du feu.

— Tu me donnes ça à combien ? demandai-je.

Albalat n'hésita pas :

— Giroux, à 100 %. Wohl à 80 %.

J'écrasai mon mégot et fis un signe à Gourmond.

*

Les luttes syndicales, toutes tendances confondues, avaient été payantes puisque depuis trois mois la cafétéria était climatisée.

— Répète-moi les noms, dis-je à Gourmond.

Il avala une longue gorgée de son café frappé et commença :

— Deux des quatre qui avaient disparu : Jean-Pierre Giroux et Gérard Wolh, à l'instant. Pour les têtes : David Norgan et Patrick Vanderbove. Intact : Alain Stickman. Tous les cinq anciens élèves de la terminale A4 III du cours Sadeau en 76-77.

— Peut-être..., commençai-je, peut-être y avait-il autre chose ? Un club sportif, une association, un parti politique...

— Ça non, Patron ! Schwob a vu les R.G. La plupart de ces types-là se foutaient complètement de la politique. J'avais juste deux noms : Norgan, qui militait au Front national et Stickman, membre du Parti socialiste.

— M-ouais ! répondis-je, rêveur.

— Patron, je pense à une chose.

— Dis !

— Ce gars-là, celui qui a disparu, et puis la fille... On pourrait passer un avis avec photo, non ?

— Imagine-toi que je l'ai envisagé.

— Eh ben ?

— Les familles refusent. À croire qu'elles se sont passé le mot. C'est toujours sur le mode : « Laissez mon fils vivre sa vie. »

J'écrivis machinalement une courte phrase sur

mon paquet de Davidoff. Sans raisons apparentes, je me sentais mieux depuis ce matin.

Gourmond interrompit ma rêverie :

— Qu'est-ce que vous écrivez, Patron ?

— Rien, « l'aurore aux doigts de rose, fille du matin... »

— Qu'est-ce que c'est, Patron ?

— Un poème d'Homère.

— Qui c'était ?

Je le regardai, lui et ses cheveux couleur paille, ses yeux bleus délavés, son visage tout à la fois tendre et dur. Il me ramenait à sa Normandie natale, à cette route de Paris, à Lisieux, qu'il avait quittés uniquement parce qu'il voulait trouver une réponse à chacune de ses questions. Cela se fait rare.

— Qui c'était, Homère, Patron ?

— Un poète grec ancien. Pourquoi, ça te plaît ?

— « L'aurore aux doigts de rose, fille du matin » : j'ai jamais rien entendu de plus beau dans toute ma putain de vie !

Il avait le chic pour m'émouvoir, Gourmond. Aussi coupai-je sèchement :

— T'as lancé les convocations ?

20

J'avais réussi, en m'adjoignant la collaboration d'autres services sous les ordres du divisionnaire, à assurer une réelle protection des anciens de la terminale A4 III.

Cela n'allait certes pas sans mal et une fraction de petits crétins, totalement inconscients, s'amusaient à tenter de semer nos personnels.

D'autres, appartenant à de très riches familles, avaient cru bon de prendre très discrètement des billets d'avion pour des coins impossibles : Melbourne, Bombay, Lima et même Le Cap.

Sur les cinq « disparus », nous en avions retrouvé trois : deux à l'état supposé de cadavre et un troisième qui séjournait réellement aux États-Unis, photo télex à l'appui. Force était d'ailleurs de nous contenter de cela : il était probable que le tueur avait fait disparaître les corps avec le concours aussi gracieux qu'innocent du crématoire de la TIRU. Il était dès lors évident que nous devions concentrer nos efforts sur les deux manquants.

Le premier, âgé de vingt-trois ans, s'appelait Philippe Vasquez. Élève médiocre, il avait abandonné ses études après un échec sans appel au bac. Fils d'un petit industriel de l'Essonne, nous savions, par la famille, que ses relations avec son géniteur n'étaient pas au beau fixe puisque chaque semaine, poste restante, le père envoyait trois billets de 500 francs sans aucun commentaire à son rejeton.

Dire du bureau de poste en question qu'il était sous surveillance aurait constitué un euphémisme...

La fille s'appelait Olivia Licarie et son cas était plus singulier. Elle avait également raté son bac mais d'extrême justesse. Peu après, lors des grandes vacances, elle avait été victime d'un terrible accident de la circulation près de Sainte-Maxime. Son compagnon, qui conduisait la B.M.W. noire en état d'ébriété, avait été tué sur le coup, et si elle en avait réchappé, elle n'en avait pas moins perdu une jambe. Ses ressources matérielles provenaient d'une part de l'héritage de ses parents, géré par un notaire de l'avenue Mozart, et d'autre part de l'argent de l'assurance, somme importante qui n'avait pas été « placée » et qui somnolait plus ou moins sur un compte courant numéro 01320007843 de la Société générale.

Nous n'avions eu aucun problème pour « loger » son petit studio à Neuilly, actuellement sous surveillance. Mais, d'après les restes d'un repas abandonnés sur la table de la cuisine et composés de cœurs d'artichauts, salade niçoise et crème caramel, nos experts avaient pu établir que le studio avait probablement été abandonné depuis trois semaines.

Olivia Licarie était également propriétaire d'un mas près de La Garde-Freinet, actuellement surveillé par la gendarmerie qui avait été catégorique : la propriétaire n'était jamais réapparue depuis son grave accident, quelques années plus tôt.

Seul point un instant positif dans ce décor accablant : le service des cartes grises. Il existait une Austin rouge immatriculée 2352 YL 92, année 1979, dont la propriétaire s'appelait Licarie, Olivia, Sophie, Geneviève.

Si bien que le soir même, nous retrouvions le véhicule.

Notre mérite se trouva atténué du fait que le susdit véhicule se trouvait garé, absolument seul, sur le parking de notre hôtel de police.

Quant au sang retrouvé sur le siège arrière, qu'il ait appartenu au dénommé Stickman Alain : cela ne me fit plus aucun effet.

21

Trois jours s'étaient écoulés depuis l'arrivée du colis contenant les mains de Wohl et de Giroux.

J'avais vu défiler dans mon bureau tout le personnel enseignant administratif et de service du cours Sadeau ainsi que tous les élèves de la terminale A4 III actuellement visibles.

Il ne me restait plus, en cette matinée du samedi, qu'à m'entretenir avec l'ancien professeur d'histoire-géo de la « classe maudite » — j'adorais cette appellation, trouvée non sans humour par un journaliste d'un grand quotidien du matin.

Ce prof m'intéressait compte tenu de la description qu'on m'en avait faite.

Les qualificatifs allaient d'« énergique », dans la bouche du directeur, à « faf », « connard », « tantouze » et « malade mental » dans celle des élèves.

Il m'était apparu que les accrochages avaient

été vifs entre les élèves les plus hardis et ce prof jaloux de son autorité. À tel point, d'ailleurs, que pour une majorité d'élèves, cela avait constitué, du point de vue scolaire, l'événement le plus important de l'année 1976-1977.

Le type pénétra dans mon bureau et, après un signe de tête à Gourmond qui mastiquait un sandwich au-dessus de sa machine à écrire, il s'assit sur le siège que je lui désignais d'un geste réticent.

Sans un mot, mais après une hésitation très marquée, je lui tendis ma boîte de Davidoff.

— Non merci, inspecteur.

— Commissaire. Commissaire principal Inckel.

— Excusez-moi.

— De rien.

Et je me tus, satisfait que nous nous haïssions déjà. En outre, je cherchais les yeux du type avec un regard insistant et tout ce qu'il y a d'hostile

Mais rien à faire : ou bien il était plus vrai que nature, ou alors il était très fort. Si c'était cela, nous étions appelés à nous revoir.

Je considérai longuement son survêtement délavé puis, avec froideur :

— Vous faites du sport ?

— Jo... Jogging.

— Ah ! J'aurais cru plutôt à des exercices de gymkhana, la nuit, entre les poubelles.

Curieux. Non seulement il semblait être affecté d'un défaut d'élocution, mais, en outre, je notai la difficulté qu'il éprouvait à ramener sa main du bras du fauteuil à sa cuisse. Enfin, plus étrange encore, ces troubles moteurs disparurent d'un coup.

Le type respira un grand coup et se composa un de ces visages de bois qu'on voit généralement aux députés battus.

— Vos papiers... S'il vous plaît.

— Pardon ?

— Vous avez vos papiers ?

— Certainement.

Il ouvrit une petite sacoche de cuir et me tendit sa carte d'identité. Prieur Denis, Édouard, Raoul, né le 30 avril 1945 à Bar-le-Duc.

— Tiens, lançai-je venimeux, vous êtes né le jour de la mort d'Hitler.

Haineux fut son regard mais doucereux son ton :

— Vous vous intéressez à l'histoire ?

— Les grands criminels, uniquement.

Gourmond s'agita derrière sa machine : en effet, cela se présentait mal.

Je calai soigneusement la règle à calcul que m'avait offerte Marie six ans plus tôt et qui ne m'avait jamais servi à rien puis, l'air radouci :

— Vos élèves n'ont pas de chance, monsieur Prieur.

— Oui ?

— Il semblerait. Votre classe sera bientôt décimée.

— Ancienne classe, anciens élèves, ancien temps.

Je compris d'un coup : le regard moqueur, le ton ironique, l'air de pitié avec lequel il me regardait. Oui, aucun doute : ce fumier me narguait. Mieux, ce fumier et le Mau-Mau urbain étaient réunis là, sur la même chaise, jouant au chat et à la souris alors que ces jeux-là ne m'amusent plus, que la femme que j'aime est partie avec ma jeunesse et que je voudrais être loin, l'épaule de Marie sur ma poitrine et *L'Odyssée* sous mes yeux.

C'était lui. Mais quoi, une perquise ? Peu probable qu'avec ce genre de dingue il reste un seul embryon de preuve. Alors, lui coller au train et ne plus le lâcher ? Cela pouvait durer dix ans, et en pure perte. Il n'empêche, c'était la seule chose à faire. Cela et un message muet lui signifiant qu'en effet, je savais qui il était.

L'information concernant Wohl et Giroux n'était pas publique. J'essayai mollement :

— Vous vous souvenez de chacune des victimes ?

— Oui, à peu près.

— Pourriez-vous me citer leurs noms ?

— Norgan, Vanderbove et Stickman.

— C'est tout ?

— À ma connaissance.

Il me gratifia d'un sourire narquois.

Je soufflai « pauvre mec », classai quelques papiers puis, narquois à mon tour :

— Vous avez eu quelques démêlés avec les victimes.

Ce n'était pas une question.

— Des broutilles, répondit-il.

Je me fis plus sec :

— Pas précisément.

— Ah, oui ?

— Vous avez menacé l'élève Norgan, je cite : « Dans d'autres circonstances, c'est votre petite gueule qui répondrait de vos saloperies. »

J'eus un sourire venimeux en concluant :

— Voilà qui n'est guère amical.

— Exact ! J'étais à bout, je venais de perdre ma mère. Je me suis excusé auprès de David Norgan.

Je reposai les yeux sur le rapport que je tenais d'une main nonchalante :

— Et cette autre phrase, à l'adresse de Vanderbove : « Petit crétin ! Je ne serai pas toujours dans cet établissement ! Nous nous retrouverons ! » Très cruel, cela, à l'égard d'un adolescent angoissé ! dis-je en pointant un doigt accusateur dans sa direction.

— Angoissé, Vanderbove ? Laissez-moi rire !

— Expliquez-vous.

— M. Vanderbove était tout au plus facétieux. Quant à ce qui pourrait sembler une menace pour quelqu'un de mauvaise foi, c'était tout au plus la promesse de jeter, moi aussi, mais en toute amitié, des boules puantes à M. Vanderbove.

— Vous semblez avoir une conception nauséabonde de l'amitié. Je suppose que cela va avec le reste ?

Omettant soigneusement de me demander ce que j'entendais par là, il me défiait du regard.

J'essayai autre chose :

— Gourmond ?

— Patron ?

— À quoi, ton sandwich ?

— Rollmops, Patron.

— Rollmops ?

— Oui, Patron.

Je me tournai vers Prieur et, du ton chuchoté de la confidence :

— Étrange, non ?

— Je n'ai aucun avis sur cette question, répondit-il, très pète-sec.

J'eus un geste maladroit, lui expédiant une boulette de buvard au visage, mais il ne réagit pas. Ma tentative pour créer une ambiance de salle de classe insolente qui, rêve fou, l'eût fait craquer, semblait tourner court. J'insistai :

— Vous voulez dire que vous n'avez aucune opinion sur les rollmops?

— Aucune.

— Et ça ne vous gêne pas? demandai-je en expédiant une seconde boulette.

— Absolument pas!

— Et les têtes coupées?

— Pardon?

Je jetai une autre boulette qu'il reçut sur le nez :

— Pas d'opinion non plus sur les têtes coupées?

— L'œuvre d'un psychopathe.

— J'admire vos facultés d'auto-analyse! lançai-je mais, comme il ne relevait pas, je repris : Les psychopathes ont-ils, de manière générale, une opinion sur les rollmops? Ou bien, au contraire, remarque-t-on les psychopathes à leur absence d'opinion sur ce sujet?

Prieur respira à fond. Ses mains s'étaient remises à trembler. J'expédiai deux boulettes coup sur coup et il les reçut en plein visage :

— Monsieur le Commissaire, je comprends mal ce que les rollmops viennent faire ici.

— Vous l'avez dit.

— Pardon?

— Rollmops!

J'allumai un cigare et, envoyant soigneusement la fumée au visage de Prieur qui ne cilla pas davantage que pour les boulettes, j'expliquai :

— Voyez-vous, j'ai l'impression que vous manquez totalement de compréhension envers « l'autre ». Sinon, vous auriez très rapidement saisi la simplicité du problème qui m'agite. Il est clair que j'attribue au mot « rollmops » une charge dramatique d'une portée tragique, sinon inquiétante. L'emploi quelque peu forcené du mot « rollmops » nécessitait de votre part une lecture fraternelle. Voyez-vous, il s'agit d'un exorcisme.

Il m'avait écouté patiemment. Trop. Un type tranquille aurait déjà éclaté. Pas lui :

— Monsieur le Commissaire, vos démêlés avec le mot « rollmops » sont fort intéressants, passionnants, même, et je ne doute pas que cela constitue un excellent dérivatif à une enquête que je suppose très difficile...

Il me sourit — une véritable provocation à laquelle je répondis par un tir nourri de boulettes — et reprit :

— ... Mais voyez-vous, j'ai moi-même certains problèmes.

— De quelle nature? demandai-je avec un sourire crispé.

— Strictement personnels.

— Vous savez, Prieur, vous m'intéressez !

J'avais escamoté le « monsieur » qui, jusqu'ici,

avait précédé l'énoncé de son patronyme. Cette disparition ne sembla pas l'émouvoir :

— J'en suis très flatté.

Amer, je renonçai définitivement aux rollmops et aux boulettes :

— Vous sentez-vous menacé ?

— Par quoi ?

— Que sais-je ? Les coupeurs de têtes... Le gang des rollmops caractériels... Mille dangers informels !

— Je ne me sens menacé d'aucun danger.

— Ah ! Je crois cependant de mon devoir de vous faire protéger vingt-quatre heures sur vingt-quatre.

Il perdit un quart de son sang-froid :

— Mais c'est ridicule ! Absolument ridicule !

— C'est légal, répondis-je en souriant.

— Qu'est-ce que vous cherchez ?

— Un coupeur de tête.

— Vous avez d'autres questions ?

— C'est tout pour le moment. À très bientôt, monsieur Prieur.

22

Albalat arriva hors d'haleine :

— Patron, on l'a perdu !

— Perdu ? Prieur ?

— Quelqu'un l'attendait avec une moto.

— Mais... Il était arrivé à pied, non ?

— Oui, Patron.

J'appelai le divisionnaire, stoïque malgré l'engueulade qui m'attendait.

*

Il n'était pas loin de midi et nous descendions la rue Mouffetard, Gourmond et moi.

Un peu déprimé, j'avais invité mon adjoint à un pique-nique dans la brocante de Jo le Pédé.

Cependant, le cœur n'y était pas. Le divisionnaire avait été formel : Prieur n'avait commis aucun délit et aucun juge d'instruction n'était prêt à gober qu'il ait été réellement menacé. Ma seule possibilité se résumait à envoyer une voiture banalisée à proximité du domicile du fumier, « à tout hasard ». Domicile qu'il réintégrerait quand bon lui semblerait.

Autre problème : le motard. Qui était ce malfaisant ? Un complice, O.K., mais de quel genre ? Un autre prof ? Aucun ne semblait avoir le gabarit. Un élève ? Pas un de ceux qui avaient défilé dans mon bureau ne paraissait susceptible de prêter main-forte à un coupeur de tête. Alors ? Un type étranger au cours Sadeau ? Peut-être, mais là, cela pouvait être n'importe qui.

J'eus également une pensée pour la fille, Olivia Licarie. Le fait qu'elle puisse en ce moment même subir une séance d'équarrissage rendait mon impuissance encore plus intolérable.

Nous entrâmes dans une charcuterie puisqu'il avait été convenu que nous nous occupions du ravitaillement. La charcutière s'attardait avec une cliente accompagnée de deux enfants et tout se passait comme si nous n'existions pas. Irritant ! De guerre lasse, l'idée me vint de m'intéresser à la conversation. À cet instant, la charcutière caressait de sa main grasse les boucles blondes d'un petit garçon en disant :

— Vous les gâtez trop !

Ce à quoi la cliente répondit :

— Oh ! oui, ils le méritent pas, allez !

C'était précisément l'avis de la charcutière :

— Ils sont pourris, ces gosses-là !

Mon regard s'attarda sur les deux gosses qui s'observaient, effrayés. Ils semblaient catastrophés. Surtout « boucles blondes », visiblement abasourdi par la révélation de son état réel. Les angoisses du gamin étaient d'ailleurs évidentes et je les lus sans peine : « Merde ! Je suis pourri ! Quelle déveine ! Et moi qui ne m'en étais jamais aperçu ! »

J'aurais certes pu intervenir, rassurant. Mais je n'en fis rien. Il était là, le creuset abject : de ces expressions, on s'en tire ou pas. C'est tout le problème de la sélection.

L'aventure m'avait redonné goût à l'existence — sans doute le sentiment de m'en être tiré.

Plus bas, vers la rue de L'Épée-de-Bois, un groupe jouait des airs des années 60. Le saxo était remarquable : je m'attardai et, d'un pied, battis la mesure sur le macadam.

Gourmond me glissa :

— C'est quoi, cet air-là, Patron ?

— *Blueberry Hill*, Fats Domino.

Puis, un peu ému :

— Le début des années 60... Les « boums », les jupes gonflantes cachant des jupons amidonnés, les lait-fraise : pas la peine d'essayer, ça se raconte pas. T'étais où, toi ?

— Je vous l'ai dit, Patron. À Lisieux, route de Paris. Mais on connaissait.

— C'est vrai ?

— Un peu, oui, Patron ! Gene Vincent, Vince, Eddy Cochran, Little Richard, Buddy Holly, Bill Halley, Elvis...

C'est égal et cela ne va sans doute pas loin, mais ses propos me firent plaisir.

Il faisait chaud. Les hommes portaient des chemisettes à manches courtes ou retroussées et les femmes des robes légères. Dans nos costumes sombres, Gourmond et moi aurions pu jurer. Mais personne ne nous accorda le moindre regard.

Nous stoppâmes devant une oisellerie ambulante. Dans une cage, trois pigeons marchaient sur un tapis de graines. J'observai avec intérêt une espèce de cambrioleur gris qui, en pigeon libre, accrochait ses serres aux fins barreaux de la cage tout en tentant de dérober quelques grains à l'intérieur. C'était compter sans les prisonniers qui repoussèrent le brigand à coups de bec.

*

Jo le Pédé, ventre en avant, prospère en somme, nous attendait sur le pas de sa porte, les deux pouces passés sous des bretelles rouge sang.

Après avoir déposé les victuailles et les packs de bière dans l'arrière-boutique, je vins jusqu'à la cantine militaire que tenait absolument à me montrer Jo.

Elle était assez quelconque, vert-de-gris avec un rachitique petit aigle à croix gammée anémiée et, au pochoir, l'inscription suivante : Oberleutnant Hans Lagerfeld.

— Qu'est-ce que c'est encore que cette saloperie ? demandai-je, critique.

— Elles me reviennent à cinquante balles ! répondit fièrement Jo.

Je me tournai vers Gourmond :

— Il les revend sûrement à des néo-nazis. Il y a des crétins qui payeraient ces planches à bananes jusqu'à cinq cents balles.

— Exact ! opina Jo le Pédé.

Je montai rapidement le silencieux que me tendit obligeamment Jo et l'assujettis à mon 38 en expliquant :

— Je vais cartonner un peu cette foutue malle.

Je vidai mon chargeur et, dans l'air chargé d'une odeur de cordite, me tournai vers Gourmond :

— Tu vois, ça fait « Bataille de Berlin ». Les mongoliens néo-branques en raffolent. Après, Jo peut faire un baratin. Tu vas voir, je vais jouer au cave.

Je me tournai vers Jo :

— Monsieur, cette malle...

Jo le Pédé, plus frimeur que jamais, prit un air douloureux :

— Oh ! cette malle...

Je me mis à trépigner sur place et, plié en deux de rire :

— Oh ! monsieur. Cette malle : mais encore ?

Notre numéro de duettiste était si au point que Gourmond, bouche bée, suivait tour à tour chacun des intervenants.

C'était au tour de Jo :

— Cette malle-là ?...

— V-oui, M'sieur !

— Eh bien, c'est une longue histoire !

J'avais faim :

— Soyez bref, m'sieur ! J'ai la dalle !

— Bref, bref... Facile à dire. Enfin ! Cette malle a contenu, je le crains...

En outre, j'avais une forte envie d'uriner. Je contractai donc la problématique :

— M'sieur, si je vous chante, rapport à l'attentat du 20 juillet 44 : *Il court, il court le Führer*, est-ce que je brûle, m'sieur ?

— C'est plutôt lui qui a cramé !

Et, d'un geste mélodramatique, Jo ouvrit la cantine militaire. Gourmond se précipita. Je jetai un œil. Au fond, de vagues cendres grises et quelques os de poulets calcinés, sans doute ramenés d'un récent barbecue.

Jo prit le ton du Grand Chambellan à la cour de Bosnie-Herzégovine :

— Messieurs : le Führer !

Des coups de ce genre, c'était la dixième fois mais je marchais toujours. Au point que, considérant les os de poulets, je faillis uriner dans mon pantalon.

Cramoisi d'avoir été joué, Gourmond se fit légaliste :

— C'est interdit par un arrêté préfectoral.

— De brûler le Führer ? ricana Jo le Pédé.

— Non, de vendre des trucs nazis.

L'atmosphère se refroidit et Jo, brusquement, donna un violent coup de pied dans la malle qui, se retournant, laissa apparaître un immense triangle rose peint sur le fond :

— Mon loup, imagine-toi que je ne vends pas n'importe quoi à cette bande de crétins. On peut être broc et avoir du sens moral. Tu sais ce que ça signifie, ce triangle rose ?

Gourmond se fit plus humble :

— Oui, monsieur.

— Monsieur qui ?

— Monsieur... Monsieur Jo le Pédé.

La glace fondit d'un coup, emportée par une tempête de rires.

23

Il s'agissait de Philippe Vasquez ou, plus exactement, de sa tête.

Le spectacle, dont j'étais devenu en quelque sorte un habitué, n'avait cependant rien perdu de son horreur, pas plus que la tête sanglante — et plus spécialement la bouche écrasée — de son mystère.

La perspective de la nuée de flics retournant les poubelles dans le petit matin avec l'espoir de compléter le puzzle, voilà qui ne contribuait pas à me mettre de bonne humeur.

Un break 504 stoppa à ma hauteur et Albalat en bondit :

— Patron, on venait juste de « loger » Vasquez : 12, rue Dunois.

— Magne !

— J'ai trouvé ça, Patron !

Je lui arrachai l'enveloppe des mains. La fille, sur la photo couleurs, me sembla splendide. Je lui accordai cependant moins d'intérêt qu'au court message d'accompagnement : *Ma femme, grande, brune, trente-cinq ans, est un peu trop vorace et nous cherchons un supplétif jeune, propre, bonne éducation*. Suivait un rendez-vous : *Midi, gare Saint-Lazare. Lignes de banlieues. Direction Houille. Avoir un parapluie et* L'Argus *à la main*. Je ne pus m'empêcher d'émettre un petit sifflement. Non seulement le tueur trouvait le moyen de volatiliser des corps — et nous ne trouvions jamais, à part la première fois, que ce qu'il désirait que nous trouvions — mais en outre, il avait imaginé un superbe scénario pour faire venir ses victimes au galop.

Probable, même, qu'elles couraient là-bas ventre à terre avec la lettre en poche.

Sauf Vasquez.

Vasquez qui était remonté chez lui pour y chercher Dieu sait quoi et qui avait dû désirer garder un souvenir.

Je voulais la photo de la fille dans tous les canards du soir.

Après...

Après, on verrait bien.

*

Le meurtre de Stickman, elle l'avait souhaité. Elle avait trop aimé ce salaud qui ne l'avait jamais regardée comme une femme pour pouvoir lui pardonner.

Mais Vasquez ! Ce petit crétin de Vasquez qui donnait toujours raison au dernier qui avait parlé, qui était toujours en retard à ses rendez-vous, qui n'avait ni parole ni honneur. Vasquez et ses lunettes, ses cheveux gras, son petit gros ventre et sa jovialité toute lyonnaise : non, décidément, ça n'avait pas de sens !

Elle regarda, effrayée, l'escalier de la cave qui, fermé par une lourde trappe, semblait ne mener nulle part.

Il fallait pourtant en sortir ! Elle songea à ses hurlements, un peu plus tôt : peine perdue et c'était ses propres oreilles qui en avaient souffert.

Il ne restait qu'à patienter, tenter de ne plus penser à l'autre dingue empilant ses paquets sanglants devant la porte.

Un va-et-vient répugnant entre la cave et le vestibule, les paquets humides et puis ce dernier voyage : quelle horreur ! Elle s'était évanouie lorsque Prieur était apparu, tenant la tête de Vasquez par les cheveux.

Olivia Licarie sortit ses Kent de la poche de son pantalon et alluma la dernière.

Tout cela, avant, elle l'avait lu. Elle se souvenait même du ton des articles, de leur complaisance, mais le journal, cela semblait irréel, presque un jeu. Rien à voir, en tout cas, avec les petits paquets.

Elle tira nerveusement sur sa cigarette et s'efforça de ne penser qu'aux flics.

Ils allaient arriver. Une évidence. Ils n'avaient que ça à faire. D'ailleurs, si elle avait compris du premier coup, au premier article, ils comprendraient aussi.

Même Prieur devait le savoir !

Elle revit leur retour, samedi, lorsqu'elle l'avait happé devant le commissariat avec la Kawasaki.

Ils avaient soigneusement évité l'entrée du pavillon puis, à la nuit, s'étaient faufilés dans les ruines de l'usine à gaz jusqu'à ce trou dans la clôture. De là, par la buanderie, ils avaient atteint la maison sans problème.

Olivia songea au ton froid de Prieur :

— Je vais m'occuper de l'autre. Deux jours à la cave, ça vous calme un bonhomme.

— T'occuper ?

— Avec ça !

Il avait alors sorti un long tournevis.

— Mais il va crier...

— Crier ? Il n'a plus de gueule. Pourrait même plus avaler une cuillerée de bouillie.

Elle n'avait rien dit, ne bronchant même pas à la vue de l'égoïne qui devait remplacer la tronçonneuse, trop bruyante. Elle se souvint pourtant du rayon de lune qui, accrochant le métal, avait occasionné un bref reflet mat.

Ensuite, elle était restée seule. Seule dans la nuit chaude avec sa peur, ses hésitations. Des heures, envisageant de sortir se rendre aux flics en expliquant que Prieur, au même instant, distribuait ses petits colis qu'il avait amenés un à un, à travers l'usine à gaz et jusqu'à la voiture de location stationnée à proximité.

Elle n'avait pas su, ou pas voulu, se décider, si bien qu'il était revenu à l'aube, en passant par-devant, au nez et à la barbe de la voiture de police banalisée et toute hérissée d'antennes, embossée devant l'entrée.

Elle n'avait pas compris :

— Tu es fou, ils t'ont vu !

— Et alors ? Ils m'ont vu rentrer chez moi tranquillement, les mains vides.

— Mais...

Il sembla s'emporter à la vitesse d'une soupe au lait qui monte à toute allure :

— Tu es très contrariante ! Tout à fait contrariante ! Ce n'est plus possible, à la fin !

Il se tut, réfléchit et ajouta :

— Tu n'étais d'ailleurs pas ce que j'appelle une excellente élève. Trop de relâchement ! Et cette remarque sur Lloyd George, à voix haute, tu t'en souviens ?

— Denis !

— Tu avais dit, à propos de la photo représentant Lloyd George, Wilson et Clemenceau : « Ils me font penser à de la vieille pisse. » Tu l'avais dit à ton voisin Stickman.

— Denis !

— Peut mieux faire !

— Denis... Denis, qu'est-ce qu'il y a ?

— Va réviser ! À la cave ! Tout de suite !

— Denis !

Elle se souvenait avoir été frappée violemment à la tête et s'être réveillée ici.

Elle écrasait son mégot lorsque la trappe s'ouvrit. Il n'y eut d'abord qu'un mince rai de lumière d'un jaune cru. Puis la trappe s'ouvrit brutalement et une jambe dégringola l'escalier.

Le visage agité de tics nerveux qui lui tordaient la bouche, Olivia Licarie n'accorda pas un regard à sa jambe artificielle qui dégringolait l'escalier. C'est à peine si elle ressentit une très légère humiliation.

Puis, Prieur apparut.

Il portait son éternel survêtement bleu avec, coincée au col, une serviette de table. Ses yeux de fou démentaient son calme apparent. Il tenait une fourchette dans la main gauche et un couteau dans la droite.

— Élève Licarie, lorsque j'observais vos cheveux blond cendré tombant sur votre copie tandis que vous écriviez, j'ai souvent pensé : « Elle est à croquer. »

Il ménagea une courte pause puis, observant ses ongles d'un air critique, reprit :

— À mon âge, et dans ma situation, c'est-à-dire étant identifié par la police, ou sur le point de l'être, avouez, élève Licarie, que j'aurais tort de me refuser de menus plaisirs alors qu'ils sont à ma portée.

Elle lui répondit presque calmement :

— Denis, tu es fou.

— Sans doute, sans doute. Auparavant, j'aimerais cependant que nous revoyions ce cours que vous avez troublé. Il s'agissait, n'est-ce pas, des traités de paix. Vous me suivez ?

— Denis ! Secoue-toi !

— Commençons, si vous le voulez bien, par le traité de Sèvres.

24

Une pluie violente, annoncée par un net refroidissement, dégringola sur la ville.

Mains sur les hanches, je considérais la place d'Italie. Les véhicules avaient ralenti et leur intérieur, dissimulé par la buée, semblait opaque comme s'il s'agissait de chauffeurs fantômes. Le spectacle presque automnal des gouttelettes rebondissant sur l'asphalte, les nuances du ciel sombre allant du noir au violet et les senteurs de terre humide montant des bordures de l'hôtel de police, tout cela, mêlé à d'autres choses plus indéfinissables, fit naître en moi une impression étrange composée, pour l'essentiel, d'abandon, de résignation et d'un sentiment d'inachevé.

La sonnerie du téléphone interrompit ma rêverie. Gourmond avait déjà décroché. Il opina à plusieurs reprises puis, la main sur le combiné :

— Patron, le directeur du cours Sadeau.

— Qu'est-ce qu'il veut ?

— Prieur ! Il vient de se souvenir que Prieur était soigné pour une tumeur.

Un clignotant s'alluma aussitôt dans un coin de mon esprit :

— Où ?

— Où quoi, Patron ?

— La tumeur !

— Au cerveau. Paraît que ça expliquerait certains troubles du comportement.

*

La fille de la photo me faisait face, plus belle et plus pimpante que jamais. Albalat caracolait dans le bureau. Comme un pauvre con. Parce qu'il était évident, même pour un abruti, qu'elle était follement amoureuse du grand type efflanqué qui l'accompagnait et qui avait pour elle les regards que Philemon devait réserver à Baucis.

Ce fut lui qui parla :

— La photo représente ma femme. C'est moi qui l'ai prise et c'est à moi qu'on l'a volée.

Au moins, c'était concis. Tant mieux, j'étais pressé :

— Vous souvenez-vous à quel endroit et dans quelles circonstances on vous a volé cette photo ?

— Absolument. Dans une petite trousse en cuir posée sur le siège avant de ma Golf. Le voleur a été pris, c'était un élève du cours Sadeau.

— La date ?

— 1977.
— Vous souvenez-vous de l'élève, de son nom ?
— Pas du tout. Je me souviens qu'il s'agissait d'une classe de troisième.
Le type m'adressa un sourire sympathique :
— Par contre, si j'ignore son nom, je peux vous dire que je l'ai vu il n'y a pas cinq minutes assis sur un banc du couloir, juste devant votre bureau. C'est même plutôt lui qui m'a reconnu.

*

Ils avaient vingt ans. L'un s'appelait Bardel et, en 1977, le directeur du cours Sadeau l'avait coincé pour un vol de portefeuille. L'autre s'appelait Mallèze et, à l'époque, il occupait le même banc que Bardel.
D'entrée, je me montrai conciliant :
— Merci d'être venus spontanément.
Il n'y eut aucune réponse mais l'atmosphère se détendit. J'en profitai aussitôt :
— La brigade criminelle n'a que foutre d'un vol de portefeuille. Par contre, la photo m'intéresse. Vous l'aviez sortie du portefeuille ?
Bardel hocha la tête :
— Oui, pour la montrer à Mallèze.
— Et vous ne l'y avez pas remise ?
— Non. Je l'avais glissée dans mon bouquin de géo. Comme ça, je pouvais la regarder de temps en temps.

— Vous ne suiviez pas les cours ?

— Jamais. L'autre... M. Prieur s'écoutait parler, alors il nous foutait la paix. À chaque cours, au cas où, je retenais juste un ou deux noms.

— Quoi par exemple ?

— Ruthénie subcarpatique, Carélie orientale...

— Vous avez une bonne mémoire.

Bardel sembla plus lointain :

— J'aimais beaucoup certains noms... C'était poétique.

Je coupai sèchement :

— La photo, vous ne l'avez pas rendue.

— Non, mais...

Il se tourna vers Mallèze qui enchaîna :

— Après le départ du dirlo et du type au portefeuille, quand ils ont emmené Bardel, Prieur s'est pointé. Ce salaud avait un sixième sens. Il a tout de suite trouvé la photo. Vous voyez, il était debout et nous assis alors normalement, personne savait ce qu'il regardait. Sauf moi.

— Continuez.

— Il s'est approché de son bureau en tenant toujours le livre de Bardel devant lui. Il a eu un geste rapide et la photo s'est retrouvée dans sa serviette. Après, il a ramené le bouquin, l'air de rien. C'est moi qui ai embarqué les affaires de Bardel. Quand Prieur est parti, j'ai tourné plusieurs fois toutes les pages au-dessus du vide... Tu parles ! La photo n'y était plus.

25

Le divisionnaire, mains jointes, comme s'il priait, m'écoutait attentivement. Tiré à quatre épingles comme d'habitude. Son visage, légèrement boursouflé par l'alcool, ressemblait de manière frappante à celui de William Holden. Pour cela, sans doute, que je l'aimais bien. L'archétype du héros modeste, le démocrate new-yorkais quittant son col blanc pour la guerre du Pacifique en tenue de G.I., avec, en face, les bandes féodales et fascistes de l'empereur du Japon.

Le divisionnaire m'observait avec bienveillance. Je repris :

— À tout cela s'ajoute le fait que la photo est en possession de Prieur.

— La fille servant involontairement de chèvre pour rabattre le gibier ?

— Absolument, monsieur le Divisionnaire. Mais ce que j'évalue assez mal, c'est l'incidence de cette tumeur sur le comportement de Prieur.

S'agit-il de crises brutales ou bien d'un état de semi-folie permanent ponctué de poussées brutales qui expliqueraient, alors, les boucheries qui accompagnent ses meurtres.

— Et Stickman ?

J'espérais qu'il m'éviterait cela. Que répondre ?

— Eh bien... En l'absence d'aveux, je ne vois que des hypothèses. Peut-être Prieur a-t-il été dérangé. Peut-être Stickman relevait-il d'un châtiment plus doux. Peut-être que la tronçonneuse de Prieur était en panne à ce moment-là. Peut-être que la crise de folie était moins violente ou que ses effets s'estompaient. Peut-être...

Il me coupa :

— C'est secondaire.

Son regard se perdit au-delà de la baie vitrée :

— Il fait noir.

— Je me demande s'il ne faisait pas ce temps-là, à Troie, le soir de la mort d'Hector...

— Vous croyez ?

Je me levai sans répondre, m'approchai de la baie et, dos tourné au divisionnaire :

— Je suggère quarante-huit heures de garde à vue. Avec prolongation.

— Banco. Mais arrestation en douceur. Qui emmenez-vous ?

— Gourmont, Schwob, Albalat. Et puis quelques gardiens pour boucler le coin.

— Il se laissera convaincre ?

J'ébauchai une grimace :

— Sauf si nous tombons en pleine crise.

26

Il hésitait à la tuer.

Ce qu'il avait connu, avec elle, semblait tellement éloigné de ces jours gris qui avaient fait sa vie étriquée. Et cette façon de s'atomiser, de se néantiser en elle lorsqu'ils faisaient l'amour. Cela, très précisément. Lors du spasme, de ces fugitives secondes, il n'était plus rien. Rien qu'une de ces particules dorées que l'on voit en suspension dans l'espace, lorsqu'un rayon de soleil, traversant la fenêtre, vient se poser docilement sur un cahier d'écolier. Une sorte de poussière humaine égarée dans l'espace et le temps, très loin du quotidien, des habitudes, des contingences. Plus loin encore de ces choses animées, la plupart stupides et cruelles et que l'on nomme sans dérision des êtres humains.

Une prétention !

Inqualifiable ! Surtout compte tenu de ce qu'ils étaient : des sacs à viscères. Il fallait les regarder pérorer à la télévision tous ces hommes politiques, ces intellectuels, ces comédiens... Mais qui savait ce qu'ils contenaient ? De l'horreur !

Prieur se souvint de Giroux, le premier qui lui fût tombé sous la main. Il l'avait vidé avec le soin attentif qu'apporte un enfant à la construction d'un meccano.

Et rien ! Aucun mystère !

Ni plus déchirant ou pathétique que de vider un de ces merlans, opération qu'il répétait tous les vendredis depuis quinze ans.

Alors, quel trouble indicible « aurait » dû l'envahir ? *Dies Irae ?* Il n'était pas croyant, mais plutôt respectueux des coutumes qui assurent l'ordre du monde. D'ailleurs, quel Dieu oserait assumer, de face, en pleine lumière, ce charnier qu'on appelle l'Histoire ?

Balivernes !

Il repensa brusquement à Olivia toujours enfermée dans sa cave. La tuer lui semblait décidément impossible. Il fallait la conserver. La préserver de lui-même, mais comment faire avec ces crises et ces douleurs horribles qui lui traversaient le cerveau ?

Il était fatigué et malade. Oui, très fatigué et très malade et abandonné de tous, seul avec ses souffrances. Comme lorsque sa mère était morte, l'abandonnant seul au monde avec, précisément, cette classe qui le persécutait, cette bande d'affreux petits salauds qui lui avaient glissé un rat crevé dans le tiroir de son bureau ce matin précis où il avait pensé à sa mère se décomposant dans son cercueil ; ce matin d'hiver-là, pas un autre, où, buvant son thé brûlant en regardant la ville glacée, il songeait aux corps gonflés de gaz des morts, à ces mutations physiologiques qu'entraîne la pourriture, comme si l'organisme, après soixante ans de loyaux services, se livrait aux pires facéties, tirant les traits, les glaçant, faisant pousser la barbe aux joues des cadavres, prolongeant la poussée des ongles carminés des femmes d'un trait laiteux irrévérencieux, livrant le passage du sacré aux asticots, cette armée grecque contenue dans le grand cheval de bois — la mort ? — qui s'en allait détruire la ville qui lui avait donné asile, cette armée-là, étrangère, qui s'en allait ronger, bouffer, liquider comme des chenilles sur des feuilles de saules pleureurs, une armée de nettoyeurs, au fond, nettoyeurs de tranchées, de ces pauvres et vulnérables et geignardes tranchées meurtries qu'est toute vie. Oui, ce matin-là où il s'était revu petit garçon partant pour l'école, à Bar-le-Duc, dans le noir, avec le cartable arrimé au dos et une pomme dans la poche et, sur les joues, les baisers secs et rapides de maman ; ce matin-là teinté de pensées tendres et tragiques, ils l'avaient souillé avec ce rat pourri, gonflé, nauséabond alors que durant tout le trajet, dans le métro, il avait réfléchi sur la phrase de cet écrivain inconnu dont nul ne parlait et surtout pas tous ces crétins faiseurs de mode, cet écrivain-là qui s'appelait Fritz von Unruh et qui disait : *Le fer roule sur le fer. Si dur, si douloureux* [1] !

Il eut brusquement envie de se préparer deux œufs au plat.

1. Fritz von Unruh : *Opfergang* (Verdun), Éditions du Sagittaire/Simon Kra, 1924.

27

Bien qu'il fût à peine dix-sept heures, le ciel était totalement noir. Le tonnerre, grondant, déferlait sur l'Ile-de-France comme un tambour fantôme propulsé à la vitesse de la lumière. Les éclairs, aveuglants, nous firent baisser la tête si bien que l'eau de pluie, dégoulinant de mon feutre, m'inondait la poitrine.

Nous avions laissé Schwob à la voiture, près du radio-téléphone, et je traversai le court jardinet suivi de Gourmond et d'Albalat.

Je savais que Prieur était tapi là, dans le noir. Je le savais parce que la lumière s'était éteinte à l'arrivée de notre véhicule.

La porte, massive, me barrait le passage.

D'un geste, j'envoyai Albalat sous la fenêtre, à moins de deux mètres. Puis, déboutonnant ma veste, je refermai mes doigts sur la crosse de mon 38, à demi sorti de mon holster de hanche, et sonnai.

À croire qu'il était là, derrière la porte, car il m'ouvrit immédiatement.

*

Plus tard, c'est-à-dire aujourd'hui, je devais souvent repenser à cette scène, à cette minute qui contenait mon avenir.

Mais comment aurais-je pu imaginer que, six mois après, ayant quitté la police, je me retrouverais à Lisieux, route de Paris, vivotant de ma pension, une bouteille de calva dans une main et mon dictionnaire de grec de lycéen dans l'autre ? Comment aurais-je pu imaginer le sentiment de culpabilité qui m'habite depuis et qui me pousse vers cet état d'épave alcoolique traînant dans les faubourgs industriels de Lisieux, proie facile — ma blessure aidant — pour les bandes de petits loubards ou les militaires en bordée ? Comment aurais-je pu imaginer alors, sûr de ma puissance, ces réveils difficiles dans de sombres ruelles avec, dans la bouche, un goût de mauvais alcool et de sang ?

*

Il m'ouvrit et nous nous observâmes, une seconde, à la lueur d'un éclair.

Il avait un regard profond, fiévreux et, aux

commissures des lèvres, du jaune d'œuf, ce qui, plus que du dégoût, fit naître en moi une ineffable sympathie.

C'est à cet instant que je reçus le choc.

Ce fut comme un coup de poing qui me coupa le souffle.

J'avais dégainé mais, stupéfait, ne pus tirer.

Je me retournai et, incrédule, les yeux exorbités, regardai le manche du grand tournevis qui me dépassait du bas-ventre sans même imaginer que son extrémité, après m'avoir traversé l'intestin, me sortait dans le dos.

Sans doute, à cet instant, avais-je quatre ou cinq ans et une très grande frayeur. Peut-être est-ce la faute du formidable coup de tonnerre ou de cette ombre noire qui me faisait face et qui s'appelait Rémy Gourmond mais qui, soudain, me fit très peur.

C'est dans un état comateux, proche de l'évanouissement, que je fis encore un pas et vidai mon chargeur sur Rémy.

Paris, septembre 1981

FIN

DU MÊME AUTEUR

Romans

AU BORD DE LA MER BLANCHE *(Gallimard).*

UNE CHARRETTE PLEINE D'ÉTOILES *(Gallimard-/Folio).*

UN HOMME EN HARMONIE *(Gallimard/Folio).*

JEUNES FEMMES ROUGES TOUJOURS PLUS BELLES *(Messidor).*

DES LENDEMAINS ENCHANTEURS *(Neo).*

FRIVOLITÉS D'UN SIÈCLE D'OR *(Julliard).*

LA MANIÈRE DOUCE *(La Table Ronde).*

Nouvelles

« NOUVELLES NOIRES » Tomes 1 et 2. *(Messidor).*

PERDRE LA PAUSE *(La Table Ronde).*

Essai

CHRONIQUE D'UNE LIQUIDATION POLITIQUE *(La Table Ronde).*

Romans Noirs

TUEURS DE FLICS *(La Table Ronde/Poche).*

LA NUIT DES CHATS BOTTÉS *(La Table Ronde/Poche).*

SNIPER *(Fayard).*

LA THÉORIE DU 1 % *(La Table Ronde/Poche).*

GENTIL, FATY ! *(Fayard).*

LE SOUFFLE COURT *(Neo).*

BLEU DE MÉTHYLÈNE *(Denoël).*

QUERELLEUR *(Denoël).*

POLICHINELLE MOUILLÉ *(Denoël).*

AU-DESSUS DE L'ARC-EN-CIEL *(Neo).*

LE FAISEUR DE NUÉES *(Neo).*

L'ADIEU AUX ANGES *(Denoël).*

BROUILLARD D'AUTOMNE *(La Table Ronde/Poche).*

LE LOUP D'ÉCUME *(Albin Michel).*

CLAUSE DE STYLE *(Gallimard/Folio).*

LES ENFANTS DE LUNE *(Denoël).*

PATTE DE VELOURS *(La Table Ronde).*

SOUS LE REGARD DES ÉLÉGANTES *(La Table Ronde/Poche).*

COLLECTION FOLIO

Dernières parutions

2871.	Tito Topin	*Piano barjo.*
2872.	Michel Del Castillo	*Tanguy.*
2873.	Huysmans	*En Route.*
2874.	James M. Cain	*Le bluffeur.*
2875.	Réjean Ducharme	*Va savoir.*
2876.	Mathieu Lindon	*Champion du monde.*
2877.	Robert Littell	*Le sphinx de Sibérie.*
2878.	Claude Roy	*Les rencontres des jours 1992-1993.*
2879.	Danièle Sallenave	*Les trois minutes du diable.*
2880.	Philippe Sollers	*La Guerre du Goût.*
2881.	Michel Tournier	*Le pied de la lettre.*
2882.	Michel Tournier	*Le miroir des idées.*
2883.	Andreï Makine	*Confession d'un porte-drapeau déchu.*
2884.	Andreï Makine	*La fille d'un héros de l'Union soviétique.*
2885.	Andreï Makine	*Au temps du fleuve Amour.*
2886.	John Updike	*La Parfaite Épouse.*
2887.	Daniel Defoe	*Robinson Crusoé.*
2888.	Philippe Beaussant	*L'archéologue.*
2889.	Pierre Bergounioux	*Miette.*
2890.	Pierrette Fleutiaux	*Allons-nous être heureux ?*
2891.	Remo Forlani	*La déglingue.*
2892.	Joe Gores	*Inconnue au bataillon.*
2893.	Félicien Marceau	*Les ingénus.*
2894.	Ian McEwan	*Les chiens noirs.*
2895.	Pierre Michon	*Vies minuscules.*

2896.	Susan Minot	*La vie secrète de Lilian Eliot.*
2897.	Orhan Pamuk	*Le livre noir.*
2898.	William Styron	*Un matin de Virginie.*
2899.	Claudine Vegh	*Je ne lui ai pas dit au revoir.*
2900.	Robert Walser	*Le brigand.*
2901.	Grimm	*Nouveaux contes.*
2902.	Chrétien de Troyes	*Lancelot ou Le chevalier de la charrette.*
2903.	Herman Melville	*Bartleby, le scribe.*
2904.	Jerome Charyn	*Isaac le mystérieux.*
2905.	Guy Debord	*Commentaires sur la société du spectacle.*
2906.	Guy Debord	*Potlatch* (1954-1957).
2907.	Karen Blixen	*Les chevaux fantômes* et autres contes.
2908.	Emmanuel Carrère	*La classe de neige.*
2909.	James Crumley	*Un pour marquer la cadence.*
2910.	Anne Cuneo	*Le trajet d'une rivière.*
2911.	John Dos Passos	*L'initiation d'un homme : 1917.*
2912.	Alexandre Jardin	*L'île des Gauchers.*
2913.	Jean Rolin	*Zones.*
2914.	Jorge Semprun	*L'Algarabie.*
2915.	Junichirô Tanizaki	*Le chat, son maître et ses deux maîtresses.*
2916.	Bernard Tirtiaux	*Les sept couleurs du vent.*
2917.	H.G. Wells	*L'île du docteur Moreau.*
2918.	Alphonse Daudet	*Tartarin sur les Alpes.*
2919.	Albert Camus	*Discours de Suède.*
2921.	Chester Himes	*Regrets sans repentir.*
2922.	Paula Jacques	*La descente au paradis.*
2923.	Sibylle Lacan	*Un père.*
2924.	Kenzaburô Ôé	*Une existence tranquille.*
2925.	Jean-Noël Pancrazi	*Madame Arnoul.*
2926.	Ernest Pépin	*L'Homme-au-Bâton.*
2927.	Antoine de Saint-Exupéry	*Lettres à sa mère.*
2928.	Mario Vargas Llosa	*Le poisson dans l'eau.*
2929.	Arthur de Gobineau	*Les Pléiades.*
2930.	Alex Abella	*Le Massacre des Saints.*
2932.	Thomas Bernhard	*Oui.*
2933.	Gérard Macé	*Le dernier des Égyptiens.*
2934.	Andreï Makine	*Le testament français.*

2935.	N. Scott Momaday	*Le Chemin de la Montagne de Pluie.*
2936.	Maurice Rheims	*Les forêts d'argent.*
2937.	Philip Roth	*Opération Shylock.*
2938.	Philippe Sollers	*Le Cavalier du Louvre. Vivant Denon.*
2939.	Giovanni Verga	*Les Malavoglia.*
2941.	Christophe Bourdin	*Le fil.*
2942.	Guy de Maupassant	*Yvette.*
2943.	Simone de Beauvoir	*L'Amérique au jour le jour, 1947.*
2944.	Victor Hugo	*Choses vues, 1830-1848.*
2945.	Victor Hugo	*Choses vues, 1849-1885.*
2946.	Carlos Fuentes	*L'oranger.*
2947.	Roger Grenier	*Regardez la neige qui tombe.*
2948.	Charles Juliet	*Lambeaux.*
2949.	J.M.G. Le Clézio	*Voyage à Rodrigues.*
2950.	Pierre Magnan	*La Folie Forcalquier.*
2951.	Amoz Oz	*Toucher l'eau, toucher le vent.*
2952.	Jean-Marie Rouart	*Morny, un voluptueux au pouvoir.*
2953.	Pierre Salinger	*De mémoire.*
2954.	Shi Nai-an	*Au bord de l'eau I.*
2955.	Shi Nai-an	*Au bord de l'eau II.*
2956.	Marivaux	*La Vie de Marianne.*
2957.	Kent Anderson	*Sympathy for the Devil.*
2958.	André Malraux	*Espoir — Sierra de Teruel.*
2959.	Christian Bobin	*La folle allure.*
2960.	Nicolas Bréhal	*Le parfait amour.*
2961.	Serge Brussolo	*Hurlemort.*
2962.	Hervé Guibert	*La piqûre d'amour* et autres textes.
2963.	Ernest Hemingway	*Le chaud et le froid.*
2964.	James Joyce	*Finnegans Wake.*
2965.	Gilbert Sinoué	*Le Livre de saphir.*
2966.	Junichirô Tanizaki	*Quatre sœurs.*
2967.	Jeroen Brouwers	*Rouge décanté.*
2968.	Forrest Carter	*Pleure, Géronimo.*
2971.	Didier Daeninckx	*Métropolice.*
2972.	Franz-Olivier Giesbert	*Le vieil homme et la mort.*
2973.	Jean-Marie Laclavetine	*Demain la veille.*

2974. J.M.G. Le Clézio — *La quarantaine.*
2975. Régine Pernoud — *Jeanne d'Arc.*
2976. Pascal Quignard — *Petits traités I.*
2977. Pascal Quignard — *Petits traités II.*
2978. Geneviève Brisac — *Les filles.*
2979. Stendhal — *Promenades dans Rome.*
2980. Virgile — *Bucoliques. Géorgiques.*
2981. Milan Kundera — *La lenteur.*
2982. Odon Vallet — *L'affaire Oscar Wilde.*
2983. Marguerite Yourcenar — *Lettres à ses amis et quelques autres.*
2984. Vassili Axionov — *Une saga moscovite I.*
2985. Vassili Axionov — *Une saga moscovite II.*
2986. Jean-Philippe Arrou-Vignod — *Le conseil d'indiscipline.*
2987. Julian Barnes — *Metroland.*
2988. Daniel Boulanger — *Caporal supérieur.*
2989. Pierre Bourgeade — *Éros mécanique.*
2990. Louis Calaferte — *Satori.*
2991. Michel Del Castillo — *Mon frère l'Idiot.*
2992. Jonathan Coe — *Testament à l'anglaise.*
2993. Marguerite Duras — *Des journées entières dans les arbres.*
2994. Nathalie Sarraute — *Ici.*
2995. Isaac Bashevis Singer — *Meshugah.*
2996. William Faulkner — *Parabole.*
2997. André Malraux — *Les noyers de l'Altenburg.*
2998. Collectif — *Théologiens et mystiques au Moyen Âge.*
2999. Jean-Jacques Rousseau — *Les Confessions (Livres I à IV).*
3000. Daniel Pennac — *Monsieur Malaussène.*
3001. Louis Aragon — *Le mentir-vrai.*
3002. Boileau-Narcejac — *Schuss.*
3003. LeRoi Jones — *Le peuple du blues.*
3004. Joseph Kessel — *Vent de sable.*
3005. Patrick Modiano — *Du plus loin de l'oubli.*
3006. Daniel Prévost — *Le pont de la Révolte.*
3007. Pascal Quignard — *Rhétorique spéculative.*
3008. Pascal Quignard — *La haine de la musique.*
3009. Laurent de Wilde — *Monk.*
3010. Paul Clément — *Exit.*

3011.	Léon Tolstoï	*La Mort d'Ivan Ilitch.*
3012.	Pierre Bergounioux	*La mort de Brune.*
3013.	Jean-Denis Bredin	*Encore un peu de temps.*
3014.	Régis Debray	*Contre Venise.*
3015.	Romain Gary	*Charge d'âme.*
3016.	Sylvie Germain	*Éclats de sel.*
3017.	Jean Lacouture	*Une adolescence du siècle . Jacques Rivière et la* N.R.F.
3018.	Richard Millet	*La gloire des Pythre.*
3019.	Raymond Queneau	*Les derniers jours.*
3020.	Mario Vargas Llosa	*Lituma dans les Andes.*
3021.	Pierre Gascar	*Les femmes.*
3022.	Penelope Lively	*La sœur de Cléopâtre.*
3023.	Alexandre Dumas	*Le Vicomte de Bragelonne I.*
3024.	Alexandre Dumas	*Le Vicomte de Bragelonne II.*
3025.	Alexandre Dumas	*Le Vicomte de Bragelonne III.*
3026.	Claude Lanzmann	*Shoah.*

Composition Euronumérique.
Impression Bussière Camedan Imprimeries
à Saint-Amand (Cher), le 11 décembre 1997.
Dépôt légal : décembre 1997.
1er dépôt légal dans la collection : janvier 1996.
Numéro d'imprimeur : 1/3293.
ISBN 2-07-039479-4./Imprimé en France.

85041